中国韵文史

龙榆生◎著

应急管理出版社
·北京·

图书在版编目（CIP）数据

中国韵文史／龙榆生著 . -- 北京：应急管理出版社，2024

ISBN 978 - 7 - 5237 - 0365 - 6

Ⅰ.①中⋯ Ⅱ.①龙⋯ Ⅲ.①韵文—诗歌史—中国
Ⅳ.①I207.209

中国国家版本馆 CIP 数据核字(2024)第 019642 号

中国韵文史

著　　者　龙榆生
责任编辑　高红勤
封面设计　刘红刚

出版发行　应急管理出版社（北京市朝阳区芍药居 35 号　100029）
电　　话　010 - 84657898（总编室）　010 - 84657880（读者服务部）
网　　址　www.cciph.com.cn
印　　刷　三河市九洲财鑫印刷有限公司
经　　销　全国新华书店

开　　本　710mm × 1000mm$^1/_{16}$　印张　16$^1/_2$　字数　225 千字
版　　次　2024 年 9 月第 1 版　2024 年 9 月第 1 次印刷
社内编号　20231306　　　　　定价　78.00 元

出版说明

　　龙榆生（1902—1966），本名沐勋，字榆生，号忍寒居士，是 20 世纪我国著名的古典文学研究家和词人。早年师从黄侃、陈衍，学习诗歌，后师从朱祖谋，研究音韵学和词学。先后在暨南大学、广州中山大学、南京中央大学及上海音乐学院等校任教授。主要著作有《词曲概论》《词学十讲》《唐宋词格律》《中国韵文史》《唐宋诗学概论》《东坡乐府笺》《风雨龙吟室丛稿》《忍寒词》《龙榆生词学论文集》等，所编选本《唐宋名家词选》及《近三百年名家词选》风行一时。

　　龙榆生先生于 1929 年开始撰写词学论文，其词学论文一改以往词界评论的形式，对词的起源、发展、创作、艺术风格及作家作品进行了全面探讨，着眼于唐宋词，推进了当时词学研究的学科建设。《中国韵文史》为龙榆生先生的诗词史研究专著，是当时的"国立音乐专科学校丛书"之一。全书分《诗歌》《词曲》两篇，上篇《诗歌》以《诗经》、《楚辞》、乐府诗、五七言古近体诗、唐宋元明清诗等为一系；下篇《词曲》以燕乐杂曲、令词与慢词、正宗词派与豪放词派、南北小令套曲、元代散曲、元明词就衰、清词复盛等为一系。本书注重不同时代的体裁与成就的盛衰变化，对诗词名家生平事迹的介绍大多省略。此外，本书诗歌论述较略，词曲论述稍详，对当时的文学史研究有"补偏"之意。

本书为横排简体，在保留内容本意的前提下，将部分字词、标点改为当今通行的用法，并依据内容插入精美图片，力求带给读者更好的阅读体验。书后还附有"中国韵文简要书目"，便于读者参考学习。

以上内容，特此说明，如有错漏，万望教正。

目录 contents

下篇　词　曲

附录　中国韵文简要书目

编辑凡例

一、本书分上下篇，以《诗经》《楚辞》、乐府诗、五七言古近体诗为一系，宋元以来词曲为一系。

一、本书以一种体制之初起与音乐发生密切关系者为主，故"不歌而诵"之赋，与后来之骈文，概不述及。

一、杂剧传奇，有唱有白，非全部乐歌，当别著《中国戏曲史》，兹亦从略。

一、本书注重体裁之发展与流变，于作家行谊，多从省略。

一、本书对于世行文学史，颇寓"补偏"之意，故稍详于词曲，而略于诗歌。

一、本书引用他人之说，皆标明出处，不敢掠美。

一、本书成于仓卒，谬误知所难免，尚望读者随时指正。

上篇

诗歌

第一章　四言诗之发展与《三百篇》之结集

诗歌伴音乐舞蹈而俱生，为人类发抒情感之利器；世界各民族，其文学发展之程序，盖未有早于诗歌者。《乐记》云："民有血气心知之性，而无哀乐喜怒之常，应感而动，然后心术形焉。"《汉书·艺文志》所谓"哀乐之心感，而歌咏之声发"是也。《诗大序》更畅论其发达之原因云："诗者，志之所之也。在心为志，发言为诗。情动

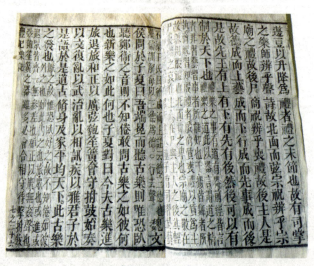

《礼记·乐记》

于中而形于言，言之不足，故嗟叹之，嗟叹之不足，故永歌之，永歌之不足，不知手之舞之，足之蹈之。"盖自人类语言开始以来，即有诗歌产生之可能性。沈约所谓："虽虞夏以前，遗文不睹，禀气怀灵，理或无异；然则歌咏所兴，宜自生民始也。"（《宋书·谢灵运传论》）

沈约

在昔文字之制作，未臻于完善，民间有所讴咏，亦仅口耳相传。《三百篇》以前，所有作品，多出后人伪托，无可征信，且付"阙如"。周代尚文，始立采诗之官。《汉书·食货志》云：

> 孟春之月，群居者将散，行人振木铎徇于路以采诗；献之大师，比其音律，以闻于天子。

此种制度，虽起自何王，终于何代，无可稽考；而《三百篇》中所包涵之三颂、二雅、十五国风，即以近人之考证言之，《周颂》为周代初年作品，《商颂》为宋诗，《鲁颂》为鲁诗，二雅、十五国风，大抵皆作于周代；然论时代则至少亦五六百年，论地域则有雍、冀、豫、青、兖诸州之国，不有专司其事者为之搜集整理，孰全著之竹帛，被诸管弦？且孔子既有"诗三百五篇，皆弦歌之，以求合韶武雅颂之音"

孔子

（《史记·孔子世家》）之事，则《三百篇》之结集，殆出于周代之"大师"无疑。

《三百篇》虽间有杂言，如三言之"振振鹭，鹭于飞"，五言之"谁谓雀无角，何以穿我屋"，六言之"我姑酌彼金罍"，七言之"交交黄鸟止于桑"，九言之"泂酌彼行潦，挹彼注兹"（挚虞《文章流别论》）。三五言调之"殷其雷，在南山之阳"，二四言调之"鱼丽于罶，鲿鲨"，六七言调之"遭我乎猺之间兮，并驱从两肩兮"（《药园闲话》）之类，然率以四言为主。其形式之由散趋整，亦足见其曾经润色，匪尽里巷歌谣之真面。所谓"风""雅""颂"之区别，据《诗大序》：

上以风化下，下以风刺上，主文而谲谏，言之者无罪，闻之者足以戒，故曰风。

雅者，正也，言王政所由废兴也。

颂者，美盛德之形容，以其成功告于神明者也。

朱熹《诗经集注序》则云：

凡诗之所谓风者，多出于里巷歌谣之作，所谓男女相与咏歌，各言其情者也。若夫雅颂之篇，则皆成周之世，朝廷郊庙乐歌之词，其语和而庄，其义宽而密，其作者往往圣人之徒，固所以为万世法程而不可易者也。

朱熹

近人则以"风"属之民众文学，"雅"属之朝廷文学，"颂"属之庙堂文学（陈钟凡《中国韵文通论》）。而"风"有十五国：其周、召二南及王、豳，同出于周，邶、鄘并于卫，合之桧、魏、陈、齐、卫、唐、曹、郑、秦，又各因其地势风俗之不同，而异其风格。约而言之，秦地于《禹贡》时跨雍梁二州，诗风兼秦豳两国，多言农桑衣食，车马田狩之事。唐魏居河东，其民有先王遗教，君子深思，小人俭陋，故其诗皆思奢俭之中，念死生之虑。郑土狭而险，山居谷汲，男女亟聚会，故其俗淫。卫地有桑间濮上之阻，男女亦亟聚会，声色生焉，故俗称郑卫之音。齐居海滨，其诗舒缓（说详《汉书·地理志》）。以人民生活状况，反映于诗歌，其作风上之差别乃如此；而诸国风除助词顺各方之语气，稍有变化外，其语言文字，仍归一致；则风诗之曾经润色，殆无可疑。

风诗既出于里巷歌谣，其作者多不可考。惟毛传以《豳风》中之《七月》《鸱鸮》《东山》三篇为周公旦作，其描写技术，实较其他国风为精进。吾人苟承认雅颂为多出于士大夫之手，所有长篇巨制，与里巷歌谣，形式上截然殊致，则以《七月》等篇为出周公手，庶几近之。《七

周公姬旦

月》描写农家生活，于严肃态度中，间出以诙谐。如：

> 春日迟迟，采蘩祁祁。女心伤悲，殆及公子同归。

于杂叙家常琐屑之内，着此富于情调之笔，与《东山》有异曲同工之妙，不得谓为偶然。兹举《东山》全篇如下，以见风诗之一斑：

我徂东山，慆慆不归。我来自东，零雨其濛。我东曰归，我心西悲。制彼裳衣，勿士行枚。蜎蜎者蠋，烝在桑野。敦彼独宿，亦在车下。

我徂东山，慆慆不归。我来自东，零雨其濛。果臝之实，亦施于宇。伊威在室，蟏蛸在户。町畽鹿场，熠耀宵行。不可畏也，伊可怀也。

我徂东山，慆慆不归。我来自东，零雨其濛。鹳鸣于垤，妇叹于室。洒扫穹窒，我征聿至。有敦瓜苦，烝在栗薪。自我不见，于今三年！

我徂东山，慆慆不归。我来自东，零雨其濛。仓庚于飞，熠耀其羽。之子于归，皇驳其马。亲结其缡，九十其仪。其新孔嘉，其旧如之何？

　　阮元谓："三颂各章皆是舞容，故称为颂。若元以后戏曲，歌者舞者与乐器全动作也。风雅则但若南宋人之歌词弹词而已，不必鼓舞以应铿锵之节。"（《揅经室集·释颂》）颂多用于郊庙祭祀，作者宜为贵族，而技术往往劣于风雅。又如《周颂》中之《清庙》一章八句，《昊天有成命》一章七句，《时迈》一章十五句，皆全篇无韵（详见顾炎武《诗本音》）。或谓风雅之用韵者，其声促；颂不用韵，其声缓（《韵文通论》引王国维说）。然在文学上之价值，颂固不逮风雅远甚，以诗歌原以抒情为主也。

阮元

　　大小雅有祝颂赞美之辞，有祭祀燕饮之诗，而其中最可注意者，厥为史诗之发展。如大雅《生民》之美后稷，《公刘》之美公刘，《绵》之美大王，《皇矣》之美文王，《大明》之美武王，于姬周之先世史迹，描写恒有动人之处。又如大雅《江汉》叙宣王命召虎征淮夷之事，《常武》叙宣王命皇父征淮徐之事，小雅《出车》叙厉王时南仲伐猃狁之事，《采芑》叙宣王时方叔伐荆蛮之事，《六月》叙宣王命尹吉甫征猃狁之事（参看陆侃如《诗史》上），并能将东迁以前之王室大事，加以铺张之叙述。虽不足以跻于世界著名史诗之林，而周代文学与武功之发展情形，于此足觇之矣。

　　《三百篇》为周代诗歌之总汇，亦即中国纯文学之总泉源。后来之抒情诗与叙事诗，咸由风雅导其先路。其在当世，《三百篇》并为入乐之章，益以孔子之提倡，谓："诗可以兴，可以观，可以群，可以怨。"（《论语》）经数百年之酝酿，而诗歌有此大结集，不可谓非中国文学史上之无上光荣已！

第二章　《楚辞》之兴起

　　《诗经》十五国风，独不及楚；楚声之不同于中夏，其故可思。中国文学之南北分流，由来久矣！楚俗信巫而尚鬼（王逸说），又地险流急，人民生性狭隘（郦道元《水经注》）。故其发为文学，多闳伟窈眇之思，调促而语长，又富于想象力。加以山川奇丽，文藻益彰；视北方之朴质无华，不可"同年而语"。稽之古籍，有楚康王时之楚译《越人歌》：

　　　　今夕何夕兮，搴洲中流？今日何日兮，得与王子同舟？蒙羞被好兮，不訾诟耻。心几烦而不绝兮，知得王子。山有木兮木有枝，心悦君兮君不知！（《说苑·善说篇》）

译者之技术高明，令人想见楚人诗歌格调。语助用"兮"字，此在《三百篇》内，已多有之；特楚人于两句中夹一"兮"字，句调较长，为异于风诗作品耳。又如徐人歌诵延陵季子之辞：

　　　　延陵季子兮不忘故，脱千金之剑兮带丘墓。（《新序·节士篇》）

延陵季子

句法亦略同于《越人歌》。此楚文学形式上异于中原文学之一点也。

《论语·微子篇》载：楚狂接舆歌而过孔子曰：

> 凤兮！凤兮！何德之衰？往者不可谏，来者犹可追。已而！已而！今之从政者殆而！

《史记》引第三四句，作"往者不可谏兮，来者犹可追也！"《庄子》引前四句则作"凤兮！凤兮！何如德之衰也？来世不可待，往世不可追也！"二书所载不同，而较《论语》语末各增"也"字，便有往复丁宁之意。证之《离骚》多有此种句法，则《论语》所纪录，已稍失楚歌之语调。同时有《孺子歌》：

> 沧浪之水清兮，可以濯我缨。沧浪之水浊兮，可以濯我足。（《孟子·离娄篇》）

则又句调近于《徐人歌》，而与后来之《九歌》同一轴杼者也。

《楚辞》至《九歌》出现，始正式建立一种新兴文学。汉王逸云："昔楚国南郢之邑，沅、湘之间，其俗信鬼而好祠。其祠必作歌乐鼓舞，以乐诸神。屈原放逐，窜伏其域，怀忧苦毒，愁思沸郁，出见俗人祭祀之礼，歌舞之乐，其祠鄙陋，因为作《九歌》之曲。"（《楚辞章句》）

以《九歌》为"屈原之所作"，后人已多疑之。宋朱熹谓："荆蛮陋俗，词既鄙俚，而其阴阳人鬼之间，又不能无亵慢荒淫之杂。原既放逐，见而感之，故颇为更定其词，去其泰甚。"（《楚辞集注》）此虽臆说，而以《九歌》曾经屈原修改润饰，殆无可疑。

《九歌》本为民间祠神之曲，而其形式除每句皆夹"兮"字，为楚国歌辞之普遍句法外，绝少其他方言俗语，厕杂其间；而且文采斐然，未见"其词鄙陋"；非富有文学修养之人加以润色，不能及此。屈原受《九歌》影响，以作《离骚》；《九歌》经原修改，而益增其声价；两者有连带关系，亦不必多所怀疑也。

近人王国维称："周礼既废，巫风大兴；楚、越之间，其风尤盛。"（《宋元戏曲史》）证之王逸所谓"其祠必作歌乐鼓舞以乐诸神"，知当时楚、越之巫，必兼歌舞，而自有一种祠神歌曲，别成腔调。所传《九歌》之作，或原依其腔调而为之制词，或本有歌词而原为之藻饰，现已无从断定。而在音节上，与风格上，显带沅湘民间歌曲之浓厚色彩，则可断言也。

《九歌》为沅湘间祠神之曲，有《东皇太一》《云中君》《湘君》《湘夫人》《大司命》《少司命》《东君》《河伯》《山鬼》《国殇》

《楚辞集注》

《礼魂》等十一篇。古人以"九"为数之极，其后宋玉亦作《九辩》，非必其数为九篇也。

　　《九歌》用之"乐神"，而多为男女慕悦之词，此自民歌之本色。论其描写技术，或清丽缠绵，或幽窈奇幻。例如《湘君》：

　　　君不行兮夷犹，蹇谁留兮中洲？美要眇兮宜修。令沅湘兮无波，使江水兮安流。望夫君兮未来，吹参差兮谁思？

《湘夫人》：

　　　帝子降兮北渚，目眇眇兮愁予。袅袅兮秋风，洞庭波兮木叶下。

《少司命》：

　　　秋兰兮青青，绿叶兮紫茎。满堂兮美人，忽独与余兮目成。入不言兮出不辞，乘回风兮载云旗。悲莫悲兮生别离，乐莫乐兮新相知。荷衣兮蕙带，倏而来兮忽而逝。夕宿兮帝郊，君谁须兮云之际？与女游兮九河，冲风至兮水扬波。与女沐兮咸池，晞女发兮阳之阿。望美人兮未来，临风恍兮浩歌。

《山鬼》：

　　　若有人兮山之阿，被薜荔兮带女萝。既含睇兮又宜笑，子慕予兮善窈窕。……山中人兮芳杜若，饮石泉兮荫松柏，君思我兮然疑作。雷填填兮雨冥冥，猿啾啾兮狖夜鸣。风飒飒兮木萧萧，思公子兮徒离忧！

元代张渥《九歌图·湘君》

元代张渥《九歌图·湘夫人》

元代张渥《九歌图·少司命》

较之十五国风，无论技术上、风调上，皆有显著之进步。南人情绪复杂，又善怀多感，而出以促节繁音，为诗歌中别开生面，宜其影响后来者至深也。

《国殇》一篇，慷慨雄强，表现三湘民族之猛挚热烈性格；与其他诸作，又不同风；于此不能不叹楚才之可宝矣！移录如下：

操吴戈兮被犀甲，车错毂兮短兵接。旌蔽日兮敌若云，矢交坠兮士争先。凌余阵兮躐余行，左骖殪兮右刃伤。霾两轮兮絷四马，援玉枹兮击鸣鼓，天时坠兮威灵怒，严杀尽兮弃原野。出不

元代张渥《九歌图·山鬼》

入兮往不反,平原忽兮路超远。带长剑兮挟秦弓,首身离兮心不惩。诚既勇兮又以武,终刚强兮不可凌。身既死兮神以灵,魂魄毅兮为鬼雄。

第三章　伟大诗人之出现

　　中国古无文学专家，有之，自楚人屈原始。

　　屈原名平，楚之同姓，为楚怀王左徒。博闻强志，明于治乱，娴于辞令。初为王所信任。既以上官大夫与之同列争宠，而心害其能。原因谗被疏，故忧愁幽思而作《离骚》（详《史记·屈原列传》）。是时秦昭王使张仪谲诈怀王，令绝齐交；又使诱楚，请与俱会武关；遂胁与俱归，拘留不遣，卒客死于秦。其子襄王，复用谗言，迁屈原于江南。屈原放在草野，复作《九章》，援天引圣以自证明，终不见省；不忍以清白久居浊世，遂赴汨渊自沉而死（王逸《离骚章句》）。原被放时之往来踪迹，略见于《哀郢》《涉江》《怀沙》诸篇。东行发郢都，遵江夏，过夏首，南上洞庭，顺江东下，东至夏浦，又东

屈原

至于陵阳。南行由鄂渚至洞庭，自洞庭西南溯沅江，复自枉渚溯沅至辰阳，入溆浦（参看陈钟凡《中国韵文通论》）。在此迁流转徙，不忘欲返之时，怨悱幽忧，不得已而从事于文学之创作，以表现其热烈纯洁之情感，而成其为伟大作家。司马迁云：“昔西伯拘羑里，演《周易》；孔子厄陈蔡，作《春秋》；屈原放逐，著《离骚》。”（《史记·自序》）所谓“意有所郁结”，不得不思所以发泄之；而屈原特从文学方面发展，遂为百世词人开此光荣之局耳。

《汉书·艺文志》著录《屈原赋》二十五篇，而传说纷纷，篇目难定。要以《离骚》一篇，为原之最伟大作品。梁刘勰云：“自风雅寝声，莫或抽绪；奇文郁起，其《离骚》哉？”（《文心雕龙》）司马迁称：“《国风》好色而不淫，《小雅》怨悱而不乱。若《离骚》者，可谓兼之。其文约，其辞微，其志洁，其行廉，其称文小而其指极大，举类迩而见义远。其志洁，故其称物芳；其行廉，故死而不容自疏；濯淖污泥之中，蝉蜕于浊秽，以浮游尘埃之外；不获世之滋垢，皭然泥而不滓者也。推此志也，虽与日月争光可也。”（《屈原列传》）《离骚》为原全部人格之表现，宜其为万代词人之宗矣。

在屈原未起之前，楚国已有祠神之曲；原受其影响，于音节、格调方面，不能无所规摹；已详前章，兹不更赘。近人梁启超称：“屈原性格诚为积极的，而与中国人好中庸之国民性最相反也。而其所以能成为千古独步之大文学家，亦即以此。彼以一身同时含有矛盾两极之思想；彼对于现社会极端的恋爱，又极端的厌恶。彼有冰冷的头脑，能剖析哲理；又有滚热的感情，终日自煎自焚。彼绝不肯同化于恶社会，其力又不能化社会，故终其身与恶社会斗，最后力竭而自杀。彼两种矛盾惟日日交战于胸中，结果所产烦闷至于为自身所不能担荷而自杀。彼之自杀，实其个性最猛烈最纯洁之全部表现。非有此奇特之个性，不能产此文学，亦惟以最后一死，能使其人格与文学永不死也。"（《楚辞解题》）由梁氏之言以读《离骚》，知屈原以伟大之人格，乃能发为伟大之文学；而伟大之文学，必为高尚热烈情感之表现，可无疑已！

《离骚》长至二千四百九十字，开中国诗歌未有之局。其"眷顾楚国，系心怀王，不忘欲反"，盖纯以积极精神，图谋国家之福利，又不肯同流合污，以自取容。篇中最足表现其热情，有如下列一段：

> 惟夫党人之偷乐兮，路幽昧以险隘。岂余身之惮殃兮？恐皇舆之败绩。忽奔走以先后兮，及前王之踵武。荃不察余之中情兮，反信谗而齌怒！余固知謇謇之为患兮，忍而不能舍也！指九天以为正兮，夫唯灵修之故也！曰黄昏以为期兮，羌中道而改路。初既与余成言兮，后悔遁而有他。余既不难夫离别兮，伤灵修之数化！余既滋兰之九畹兮，又树蕙之百亩。畦留夷与揭车兮，杂杜衡与芳芷。冀枝叶之峻茂兮，愿俟时乎吾将刈。虽萎绝其亦何伤兮？哀众芳之芜秽。众皆竞进以贪婪兮，凭不厌乎求索。羌内恕己以量人兮，各兴心而嫉妒。忽驰骛以追逐兮，非余心之所急。老冉冉其将至兮，恐修名之不立！朝饮木兰之坠露兮，夕餐秋菊之落英。苟余情其信姱以练要兮，长顑颔亦何伤？掔木根以结茝兮，贯薜荔之落蕊。矫菌桂以纫蕙兮，索胡绳之纚纚。謇吾法夫前修兮，非世俗之所服。虽不周于今之人兮，愿依彭咸之遗则。长太息以掩涕兮，哀民生之多艰！余虽好修姱以鞿羁兮，謇朝谇而夕替。既替余以蕙纕兮，又申之以揽茝。亦余心之所善兮，虽九死其犹未悔。怨灵修之浩荡兮，终不察夫民心！众女嫉余之蛾眉兮，谣诼谓余以善淫。固时俗之工巧兮，偭规矩而改错。背绳墨以追曲兮，竞周容以为度。忳郁邑余侘傺兮，吾独穷困乎此时

也！宁溘死以流亡兮，余不忍为此态也！

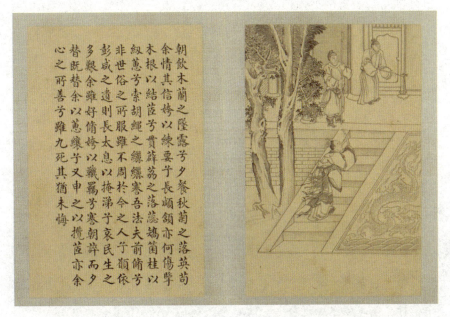

清代门应兆《补绘萧云从离骚图上册·离骚》（局部）

"信而见疑，忠而被谤"，原亦自知其不能容于浊世；而自顾此身之皎洁，犹思有以感化人群，瞻顾徘徊，不能自已。既悲茕独，乃拟"就重华（舜也）而陈词"，又幻想"溘埃风而上征"，借以脱离现实。终之以"陟升皇之赫戏兮，忽临睨夫旧乡；仆夫悲余马怀兮，蜷局顾而不行"。入世既有所不能，出世又有所不忍；乃不得不出于最后之决绝：

> 已矣哉！国无人，莫我知兮！又何怀乎故都？既莫足与为美政兮，吾将从彭咸之所居。

原不忍以"皓皓之白，而蒙世俗之尘埃"（《渔父》），于决绝之词，犹复不忘"美政"。其献身社会，至不惜以体魄殉之，此志真可"与日月争光"，精神不死矣。

《离骚》虽不必能被管弦，与《诗经》同为入乐之作，而其格局本出于祠神之曲，与"不歌而诵"之赋体殊科。后来入乐之诗，与一切歌词，莫不受其影响；宋沈约所谓："原其飙流所始，莫不同祖《风》《骚》"（《宋书·谢灵运传论》）者是也。

屈原既死之后，楚有宋玉、唐勒、景差之徒，皆好辞而以赋见称。（《史记》）司马迁以"辞"与"赋"对举，是辞赋固自有别也。玉作《九辩》，尚为《骚》体之遗，而加以变化者；所以后来又有"屈宋"之称也。录首章如下：

> 悲哉！秋之为气也！萧瑟兮草木摇落而变衰，憭栗兮若在远行，登山临水兮送将归。泬寥兮天高而气清，寂寥兮收潦而水清。

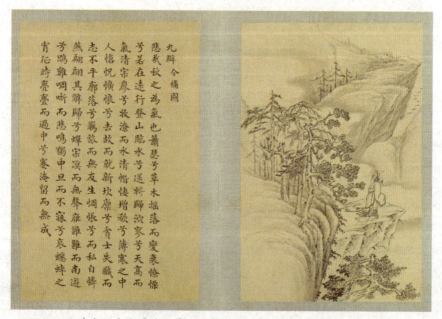

清代门应兆《补绘萧云从离骚图下册·九辩》（局部）

憯凄增欷兮，薄寒之中人。怆恍忽恨兮，去故而就新。坎廪兮贫士失职而志不平，廓落兮羁旅而无友生，惆怅兮而私自怜。燕翩翩其辞归兮，蝉寂漠而无声。雁廱廱而南游兮，鹍鸡啁哳而悲鸣。独申旦而不寐兮，哀蟋蟀之宵征。时亹亹而过中兮，蹇淹留而无成！

第四章　乐府诗之发展

周秦以后，直接《三百篇》之系统者，为乐府诗。盖自周衰雅颂寝声，歌咏不作；直至汉兴，高祖自为《大风》之歌，唐山夫人又造《房中祠乐》，而后诗歌乃有复兴之势。武帝"立乐府，采诗夜诵，有赵、代、秦、楚之讴，以李延年为协律都尉。多举司马相如等数十人，造为诗赋，略论律吕，以合八音之调，作十九章之歌"（《汉书·礼乐志》）。乐府既有专司，而乐府诗之名，因之以起。据郑樵著录，乐府诗之出自汉代制作者，有汉《短箫铙歌》、汉《鞞舞歌》《胡角曲》《相和歌》《相弦歌吟叹曲》《相和歌四弦曲》《相和歌平调曲》《相和歌清调曲》《相和歌瑟调曲》《相和歌楚调曲》、汉武帝《郊祀之歌》、班固《东都五诗》、汉《三侯之章》、汉《房中祠乐》等十四类（详

汉高祖

见《通志·乐略》）；而作者时代之先后，不易证明。惟唐山夫人之《房中祠乐》，产生最早。《郊祀歌》大抵出于邹阳、司马相如诸人之手（用梁启超、陆侃如说），与《房中乐》并多用四言，而时有三字句及长短句，兼摹骚体（如《郊祀歌》中之《天门》一章是），是盖合诗骚而别开面目者，《礼乐志》所谓："高祖乐楚声，故《房中乐》楚声也。"《相和歌》中之可确定为西汉作品者，惟《薤露》《蒿里》二曲。《古今注》云：

> 《薤露》《蒿里》，并丧歌也，本出田横门人。横自杀，门人伤之，为作悲歌，言人命奄忽，如薤上之露，易晞灭也。亦谓人死魂魄归于蒿里。至汉武帝时，李延年分为二曲，使挽柩者歌之。

此采民间歌曲以入乐府之可考者也。他如《宋书·乐志》所称："汉世街陌谣讴，《江南可采莲》《乌生八九子》《白头吟》之属"，果出于东汉抑西汉？竟不可知。其民间歌曲之怆恻动人者，则有《相和歌》中之《箜篌引》：

> 公无渡河！公竟渡河！渡河而死，当奈公何！

《清商瑟调曲》中之《孤子生行》：

> ……怆怆履霜，中多蒺藜。拔断蒺藜，肠肉中怆欲悲。泪下渫渫，清涕累累。

并极凄惨沉痛，沈德潜所称："泪痕血点结缀而成"（《古诗源》）。

至《大曲》中之《艳歌罗敷行》：

> 日出东南隅，照我秦氏楼。秦氏有好女，自名为罗敷。……
> 行者见罗敷，下担捋髭须。少年见罗敷，脱帽著帩头。耕者忘其犁，
> 锄者忘其锄。来归相怨怒，但坐观罗敷。

《乐府诗集》

则又风光旖旎，细腻动人。乐府诗之出于贵族或民间者，固自殊其风趣也。

汉乐府中之鼓吹曲，大抵由于外国乐之影响。郭茂倩引刘瓛定《军礼》云："《鼓吹》，未知其始也。汉班壹雄朔野而有之矣。鸣笳以和箫声，非八音也。"（《乐府诗集》）今所传有《短箫铙歌》十八曲，并为长短句，而或以为"声辞艳相杂，不复可分"。其间有抒情之《风》诗，亦有近于《雅》《颂》者。其情诗之最佳者，如《上邪》：

> 我欲与君相知，长命无绝衰。山无陵，江水为竭，冬雷震震，
> 夏雨雪，天地合，乃敢与君绝。

雄强横绝之态度，乃不似中夏民族口吻。其《战城南》：

> 为我谓乌："且为客豪。野死谅不葬，腐肉安能去子逃？"

则非战歌之最沉痛者也。

东汉作者，据郭茂倩所录《杂曲》，有马瑗之《武溪深行》、傅毅之《冉冉孤生竹行》、张衡之《同声歌》、辛延年之《羽林郎》、宋子侯之《董娇饶》、繁钦之《定情诗》，而无名氏之作，亦复不少。张衡、傅毅，并用五言；以五言入乐章，则知五言诗之起源，盖至迟亦当萌芽于西汉矣。

魏代曹氏父子，所制乐府特多。就《昭明文选》所录，武帝有《短歌行》《苦寒行》，文帝有《燕歌行》《善哉行》，曹植有《箜篌引》《美女篇》《白马篇》《名都篇》。其著录于《乐府诗集》及《宋书·乐志》者，尤不可胜数。然"或述酣宴，或伤羁戍，志不出于淫荡，辞不离于哀思，虽三调之正声，实韶夏之郑曲"（《文心雕龙·乐府》），且开南朝仿作乐府之渐，故文学史家不取焉。

魏晋而后，南北分疆，南朝之《清商曲》，北朝之《横吹曲》，续出民歌甚富，又为乐府诗放一异彩。南朝乐府，多出于晋宋之间，而又别其出于江南者为《吴声歌曲》，出于荆、郢、樊、邓之间，而其声节送和，与吴歌异者为《西曲》（《乐府诗集》）。北朝以异族进据中原，吹笛鸣角之雄风，乃为诗歌别辟境界。大抵南主温馨软媚，北尚坦直雄强，以民族性之不同，各极其致，此南北乐

魏武帝

府之大较也。

南朝乐府之有主名者，有晋沈玩之《前溪歌》、王厥之《长史变歌》、王献之之《桃叶歌》、王珉之《团扇歌》、宋汝南王之《碧玉歌》（并见《宋书·乐志》及《乐府诗集》）。其民歌之最流行者，则有《子夜歌》《华山畿》《读曲歌》之属，每种各数十曲，作者非一人。其特点，喜以谐音之字双关，如以"丝"谐相思之"思"，"芙蓉"谐"夫容"，"莲"谐"怜"，"藕"谐配偶之"偶"，"碑"谐"悲"，"蹄""题"谐"啼"之类，遽数不能悉终。《吴歌》并言儿女之情，"其始皆徒歌，既而被之管弦"（《晋书·乐志》），亦靡靡之音也。然如《子夜歌》：

> 宿昔不梳头，丝发被两肩。腕伸郎膝上，何处不可怜。
> 始欲识郎时，两心望如一。理丝入残机，何悟不成匹！

《读曲歌》：

> 自从别郎后，卧宿头不举。飞龙落药店，骨出只为汝！
> 思欢不得来，抱被空中语。月没星不亮，持底明侬绪？

《华山畿》：

> 华山畿！君既为侬死，独生为谁施？欢若见怜时，棺木为侬开。
> 未敢便相许。夜闻侬家论，不持侬与汝。
> 奈何许！天下人何限，慊慊只为汝！

后者情尤浓挚专一，未可以"郑声"目之。西曲有《石城乐》《乌夜啼》《莫愁乐》《襄阳乐》《懊侬歌》之属，多写别离之苦。如《莫愁乐》：

> 闻欢下扬州，相送楚山头。探手抱腰看，江水断不流。

《懊侬歌》：

> 江陵去扬州，三千三百里。已行一千三，所有二千在。

并以极朴拙之语出之，而深情自见，此南朝乐府所以为善道儿女之情也。

北朝乐府有《企喻歌》《琅琊王歌》《紫骝马歌》《地驱乐歌》《陇头流水歌》《隔谷歌》《捉搦歌》《折杨柳歌》之属，或叙边塞之苦，或言男女之情，并极坦率雄强，与南人殊致。其言边塞之苦者，如《陇头歌辞》：

> 陇头流水，流离山下。念吾一身，飘然旷野！
> 朝发欣城，暮宿陇头。寒不能语，舌卷入喉。
> 陇头流水，鸣声呜咽。遥望秦川，心肝断绝。

言儿女之情者，如《地驱乐歌辞》：

> 侧侧力力，念君无极。枕郎左臂，随郎转侧。
> 摩捋郎须，看郎颜色。郎不念女，不可与力。

《捉搦歌》：

> 谁家女子能行步，反著袳襌后裙露。
>
> 天生男女共一处，愿得两个成翁姬。
>
> 黄桑柘屐蒲子履，中央有丝两头系。
>
> 小时怜母大怜婿，何不早嫁论家计？

快人快语，不似江南女儿之扭捏作娇羞态。至表现北人尚武精神者，则有《琅琊王歌》：

> 新买五尺刀，悬著中梁柱。一日三摩娑，剧于十五女。

《玉台新咏》

爱刀剧于少女，可见北人性格之一斑。中国文学，往往受外族之影响，而起剧烈变化，此亦其例证已。

此外南朝乐府有《孔雀东南飞》，北朝乐府有《木兰诗》，并为伟制，合当补述。《孔雀东南飞》，据徐陵《玉台新咏》，谓是建安时人为庐江府小吏焦仲卿妻作；郭茂倩编入《杂曲歌辞》。近人多认为出于南朝，在长篇叙事诗中，实开中国诗坛未有之境。陆侃如谓恐受《佛本行经》及《佛所行赞经》之影响（详《诗史·乐府时代》），理或然欤？《木兰诗》，郭茂倩编入《横吹曲辞》，关于作者时代问题，近人亦多争论，而诗中两言"可汗"，又有"燕山""黑山"之语，殆为北朝作品无疑。

乐府诗产生于汉代，而极其致于南北朝。自后虽隋唐诸诗人，迭有仿作，然皆不复入乐，仅能跻于五七言诗之林矣。

第五章　五七言诗之发展

　　五七言诗出于汉代之歌谣，久乃脱离音乐，而为文人发抒情感之重要体制。其起源不可详考，以意测之，其《诗经》与《楚辞》合流后之自然产物乎？钟嵘谓："逮汉李陵，始著五言之目。"（《诗品》）而世传苏、李赠答之诗，刘勰已疑之（说详《文心雕龙·明诗》）。至《古诗十九首》，徐陵《玉台新咏》著录其中八首为枚乘作，李善注《文选》，亦谓："疑不能明。"近人辩证甚多，"此体之兴，必不在景武之世"（钱大昕《十驾斋养新录》），殆已成定谳矣。

　　汉乐府如《清商曲》中之《饮马行》，《杂曲》中之《冉冉孤生竹行》，多用五言，而不详其年代。惟《汉书·五行志》所载成帝时童谣：

　　　　邪径败良田，谗口乱善人。桂树华不实，黄雀巢其颠。昔为人所羡，今为人所怜。

足为五言诗产生于西汉时之证。比采而推，则汉乐府中之《清商曲辞》，未必悉为东汉作品。又《汉书》载永始元延间（成帝时）《尹赏歌》：

　　　　安所求子死？桓东少年场。生时谅不谨，枯骨复何葬？

《后汉书》载光武时《凉州歌》：

> 游子常苦贫，力子天所富。宁见乳虎穴，不入冀府奇。

并为不知名之作者所为，而适足证明西汉末年，为五言诗之草创时代（参看郑振铎《中国文学史》第一册）。其时虽未为文人所采用，而其体已大行于民间。至东汉则有班固（字孟坚，扶风人）之《咏史》、蔡邕（字伯喈，陈留人）之《翠鸟》、秦嘉（字士会，陇西人）之《赠妇》、郦炎（字文胜，范阳人）之《见志》，并以五言为诗；而蔡琰（字文姬，邕女）没于匈奴，备遭丧乱流离之惨，还国之后，作《悲愤》以写经历情形，为长五百余字之叙事诗，语多沉痛。五言诗之进展，得此女作家，以下开建安之盛，亦至堪夸耀之事已。

宋代陈居中《文姬归汉图》（局部）

七言诗之起源，旧说谓始于汉武帝时之《柏梁联句》，顾炎武已驳斥之（说详《日知录》二一）。汉初好楚声，楚歌多七字为句；如项羽之《垓下歌》，高祖之《大风歌》，苟去其"兮"字，或易"兮"字为他字，即成七言诗体；而其演变之迹，可于张衡（字平子，南阳人）之《四愁》觇之：

> 我所思兮在雁门，欲往从之雪雰雰，侧身北望泪沾巾。美人赠我锦绣段，何以报之青玉案。路远莫致倚增叹，何为怀忧心烦悗？

至魏文帝之《燕歌行》，则脱尽楚调，而七言诗之体格，乃纯粹独立。五七言诗之发展，盖以建安之际，为最大枢纽矣。

建安（汉献帝年号）之世，曹氏父子（武帝操字孟德，文帝丕字子桓）并好文学；而又有孔融（字文举，鲁国人）、陈琳（字孔璋，广陵人）、王粲（字仲宣，山阳人）、徐幹（字伟长，北海人）、阮瑀（字元瑜，陈留人）、应场（字仲琏[1]，汝南人）、刘桢（字公幹，东平人），号称"建安七子"，为之辅翼；追随谈谦，饮酒赋诗，相互观摩，而专家以出。武帝英雄本色，气韵沉雄；文帝婉约风流，稍欠魄力；三曹之杰，端推陈王（曹植字子建）。七子之中，文帝独称刘桢，谓"其五言诗妙绝当时"（《魏志》注引丕与吴质书），后世遂以桢与陈王并称，有"曹刘"之目。实则差堪与陈王比肩者，惟一王粲。粲之《七哀诗》：

---

[1] 应为"德琏"。——编者注。

孔融

……出门无所见，白骨蔽平原。路有饥妇人，抱子弃草间。
顾闻号泣声，挥涕独不还。"未知身死处，何能两相完！"驱马
弃之去，不忍听此言。

实开杜甫一派伤乱诗之先路。次则陈琳之《饮马长城窟行》：

饮马长城窟，水寒伤马骨。往谓长城吏："慎莫稽留太原卒。
官作自有程，举筑谐汝声。男儿宁当格斗死，何能怫郁筑长城！"
长城何连连，连连三千里。边城多健少，内舍多寡妇。作书与内舍：

  "便嫁莫留住！善事新姑嫜，时时念我故夫子！"报书往边地："君
今出语一何鄙？……生男慎莫举，生女哺用脯。君独不见长城下，
死人骸骨相撑拄！……"

激昂沉痛，亦为唐人新乐府导其先河。至陈王以贵公子见忌于兄（丕），
远徙他乡，郁郁以死。其天才超绝，而处境不堪，发为诗歌，缠绵悱恻，
其代表作如《赠白马王彪》一首，尤极千回百折，抑掩悲凉之致。五
言诗至此，已渐造极登峰。钟嵘评为"骨气奇高，词彩华茂，情兼雅怨，
体被文质"（《诗品》），不为溢美矣。

第六章　五言诗之极盛

自建安而后，宋齐以还，为五言诗之极盛时期。综其源流，约有四变：

当魏晋易代之际，阮籍（字嗣宗，陈留尉氏人）自放于酒，猖狂忧愤，一发于五言诗。作《咏怀》八十余篇，或悼宗国将亡，权奸得志；或直抒己志，慷慨自伤（说详陈沆《诗比兴笺》）。特以"身事乱朝，常恐遇祸，因兹发咏，故每有忧生之嗟，虽事在刺讥，而文多隐避"（颜延年《咏怀诗注》）。然其悲壮热烈之抱负，固自充溢于字里行间。例如：

> 炎光延万里，洪川荡湍濑。弯弓挂扶桑，长剑倚天外。泰山成砥砺，黄河为裳带。视彼庄周子，荣枯何足赖？捐身弃中野，乌鸢作患害。岂若雄杰士，功名从此大？

风骨高骞，旷世无匹！元好问称其"纵横诗笔见高情，何物能浇块垒平？老阮不狂谁会得？出门一笑大江横"（《论诗绝句》）。可想其权奇磊落之韵度，又不仅"阮旨遥深"（《文心雕龙》）而已。

唐代孙位《高逸图》之阮籍

魏代玄学盛行，影响及于文学。刘勰所谓："正始（《魏志》"齐王芳改元正始"）明道，诗杂仙心，何晏之徒，率多浮浅。"（《文心雕龙·明诗》）流波所被，两晋犹扇玄风，竞为说理之诗，绝少抒情之作。所谓"太康（晋武帝年号）文学"之代表作者，"三张"（张载、张协、张亢）、"二陆"（陆机、陆云）、"两潘"（潘岳、潘尼）、"一左"（左思），为时所称，然视阮籍《咏怀》，皆望尘莫及。东晋惟刘琨（字越石，中山魏昌人）仗清刚之气，郭璞（字景纯，河东人）用俊上之才，一扫虚谈，卓然有所建树。然总论晋代诗坛，终以"理过其辞，淡乎寡味"（《诗品》）者，为占最多数矣。

晋宋之间，得一陶潜（字渊明，浔阳柴桑人），为诗家开田园一派，钟嵘《诗品》推为"古今隐逸诗人之宗"。然陶诗亦分冲淡悲愤二种，如《读山海经》之类，大抵寄慨无端，所谓"定哀微词，庄辛隐语"（《诗比兴笺》），与嗣宗《咏怀》，同其旨趣。特影响后来最大者，厥惟田园寄兴之作耳。兹举《饮酒》一首如下：

> 结庐在人境，而无车马喧。问君何能尔？心远地自偏。采菊东篱下，悠然见南山。山气日夕佳，飞鸟相与还。此中有真意，欲辨已忘言。

后来如唐之韦应物、储光羲，宋之苏轼辈，皆心摹手追，而不能几及。信乎其高旷之怀，渺不可攀矣！

降逮宋氏，颜（延之字延年，琅琊临沂人）谢（灵运，陈郡阳夏人）腾声。钟嵘《诗品》称："元嘉（宋武帝年号）中，有谢灵运才高词盛，富艳难踪，固已含跨刘、郭，陵轹潘、左。故知陈思（曹植）为建安之杰，公幹、仲宣为辅；陆机为太康之英，安仁（潘岳）、景阳（张协）为辅；谢客为元嘉之雄，颜延年为辅；斯皆五言之冠冕，文词之命世也。"近人论诗，有元祐、元和、元嘉三关之说（沈曾植与金蓉镜书，见《东方杂志》所载王蘧常著《沈寐叟先生年谱》），而元嘉之代表作者为颜谢。汤惠休尝评二家诗云"谢诗如出水芙蓉，颜诗似镂金错采"；沈约亦称："灵运之兴会飙举，延年之体裁明密"（《宋书·谢灵运传论》）；然二家皆工于纂组，所谓"清水出芙蓉，天然去雕饰"者，灵运犹不足以当之。惟诗至元嘉，玄风渐歇；钟嵘所谓"老庄告退，而山水方滋"（《诗品》）；灵运实开诗界模山范水之宗；虽有时兼谈玄理，而刻画自然景象者，实占多数，此五言诗之一大变也。后来写景之作，皆不能出其范围。继灵运而起者，有鲍照（字明远）、谢惠连（灵运族弟），而照尝拟古乐府，甚遒丽，亦"善制形容写物

清代石涛《渊明诗意册页》（局部）

之词"（《诗品》），杜甫所称"俊逸鲍参军"也。南齐谢朓（字玄晖，陈郡阳夏人），善为写景之诗，与灵运同称"二谢"。兹为各举一首，以见二家之风格：

从斤竹涧越岭溪行　谢灵运

猿鸣诚知曙，谷幽光未显。岩下云方合，花上露犹泫。逶迤傍隈隩，迢递陟陉岘。过涧既厉急，登栈亦陵缅。川渚屡径复，乘流玩回转。苹萍泛沉深，菰蒲冒清浅。企石挹飞泉，攀林摘叶卷。想见山阿人，薜萝若在眼。握兰勤徒结，折麻心莫展。情用赏为美，事昧竟谁辨？观此遗物虑，一悟得所遣。

晚登三山还望京邑　谢朓

灞涘望长安，河阳视京县。白日丽飞甍，参差皆可见。余霞散成绮，澄江静如练。喧鸟覆春洲，杂英满芳甸。去矣方滞淫，怀哉罢欢宴。佳期怅何许？泪下如流霰。有情知望乡，谁能鬒不变！

自汉末至此，五言诗之进展，举凡抒情、说理、田园、山水之作，无不灿然大备。迨齐、梁新体诗出，而古意荡然；沈约、王融，倡声病之说，遂启律诗之渐。所谓五言古体诗，乃暂消歇于宋齐之间矣。

清代上官周《庐山观莲图》之谢灵运

第七章　律诗之进展

　　"律诗"一称"近体诗",又称"今体诗",盖与"古体"为对待名词;萌蘖于齐、梁,而大成于唐之沈(佺期)、宋(之问)。其体严对偶,拘平仄,有一定之法式,不可或逾。有谐协之音,与整齐之美,于诗歌为一变革;而不善者为之,往往流于平板庸腐;此其得失利病之大较也。

　　世称"永明(齐武帝年号)文学",应用四声八病之说,以制诗歌;而竟陵王子良(武帝子)实为提奖。所谓"竟陵八友"(萧衍、沈约、王融、谢朓、任昉、陆倕、范云、萧琛),多数研钻声律,而尤以沈约(字休文,吴兴武康人)、王融(字元长,琅琊临沂人)为甚。《南齐书·陆厥传》称:"约等文(当时以有韵者为文,无韵者为笔)皆用宫商,以平、上、去、入为四声,以此制韵,不可增减,世呼为'永明体'。"此体之兴,据钟嵘称:"王元长创其首,谢朓、沈约扬其波。三贤或贵公子孙,幼有文辨;于是士流景慕,务为精密,襞积细微,专相凌架;故使文多拘忌,伤其真美。"(《诗品》)嵘虽持反对之论,而当时风气所趋,终于造成新局。王、沈之作,虽尚不能称为后来之所谓"律诗",而已规模略具;例如王融之《萧谘议西上夜集》:

徘徊将所爱，惜别在河梁。衿袖三春隔，江山千里长。寸心无远近，边地有风霜。勉哉勤岁暮，敬矣事容光。山中殊未怿，杜若空自芳。

平仄对偶，皆渐趋严谨；所异于"律诗"者，惟多至十句，及"失黏格"耳。

梁武帝

梁武帝（萧衍）虽不遵用四声（帝问周舍曰："何谓四声？"舍曰："天子圣哲是也。"），而笃好文学；其子简文帝、元帝，皆喜为轻艳之词，当时号为"宫体"；而精研律切，俨然律体之先河。如简文《折杨柳》，五言八句，其中"叶密鸟飞碍，风轻花落迟"，直"律诗"之佳联。嗣是何逊（字仲言，东海剡人）、吴均（字叔庠，吴兴人）、王筠（字元礼，琅琊临沂人）、柳恽、庾肩吾之徒，莫不闻风兴起，争为啴缓。逊诗尤近唐人律体。如所作《慈姥矶》：

暮烟起遥岸，斜日照安流。一同心赏夕，暂解去乡忧。野岸平沙合，连山远雾浮。客悲不自已，江上望归舟。

几与初唐人格调无殊。齐代阴铿（字子坚），与逊齐名；杜甫所谓"颇学阴何苦用心"，可想见其句律之精警。此外如江总（字总持，济阳考城人）、张正见（字见颐[1]，清河东武城人）、徐陵（字孝穆，东海剡人），及北周之庾信（字子山，南阳新野人，肩吾子）、王褒（字子渊，琅琊临沂人），隋之薛道衡（字元卿，河东汾阴人）、虞世基（字茂世，会稽余姚人）等，皆为"律诗"进展历程中之主要人物；而以庾信为之魁；杜甫称之曰"清新庾开府"，又曰"庾信文章老更成"。结齐梁新体之局，而下开唐人律诗之盛，庾信为承先启后之诗杰矣。兹录《咏怀》一首为例：

> 萧条亭障远，凄惨风尘多。关门临白狄，城影入黄河。秋风别苏武，寒水送荆轲。谁言气盖世？晨起帐中歌。

王勃

唐初承陈隋旧习，旋有"上官体"与"四杰体"之产生。上官仪（字游龙，陕州陕人）为诗，绮错婉媚，人多效之，谓为"上官体"。仪标"六对"之说，所谓正名对、同类对、连珠对、双声对、叠韵对、双拟对（说详《诗苑类格》，引见谢无量《中国大文学史》）；其女孙婉儿继之，对法益精，因以促成"律诗"之建立。王勃（字子安，绛州龙门人）、杨炯（华阴人）、卢照

---

[1] 应为"见赜"。——编者注

邻（字升之，范阳人）、骆宾王（义乌人），号"初唐四杰"，王世贞称其"词旨华丽，固缘陈隋之遗；骨气翩翩，意象老境，超然胜之，五言遂为律家正始"（《艺苑卮言》）。宾王有《在狱咏蝉》：

> 西陆蝉声唱，南冠客思深。不堪玄鬓影，来对白头吟。雾重飞难进，风多响易沉。无人信高洁，谁为表予心？

兴寄遥深，属对工切。盖律诗至此，已渐臻成熟之境，风骨亦视齐梁为高矣。

迨沈佺期（字云卿，相州内黄人）、宋之问（字延清，虢州弘农人）出，承沈约、庾信之余波，"又加靡丽，回忌声病，约句准篇，如锦绣成文"（《全唐诗话》），而律诗乃正式成立。独孤及称之曰："言之而中伦，歌之而成声，缘情绮靡之功，至是始备。"沈宋之外，又辅之以杜审言（字必简，襄州襄阳人），学者宗之，而律诗遂风靡一世矣。兹举沈、宋诗各一首以示例：

古意呈补阙乔知之　　沈佺期

> 卢家少妇郁金香，海燕双栖玳瑁梁。九月寒砧催木叶，十年征戍忆辽阳。白狼河北音书断，丹凤城南秋夜长。谁谓含愁独不见？更教明月照流黄。

度大庾岭　　宋之问

> 度岭方辞国，停轺一望家。魂随南翥鸟，泪尽北枝花。山雨初含霁，江云欲变霞。但令归有日，不敢恨长沙。

第八章　唐诗之复古运动

　　自贞观（太宗）以迄垂拱（武
后）、景龙（中宗）之间，世咸
以律诗相矜尚，佻佞之风既炽，
比兴之义日微。于是有豪杰之士，
倡言复古，思干之以风力，以振
废起衰。陈子昂（字伯玉，梓州
射洪人）出，崇汉魏而薄齐梁，
将矫南朝之浮靡，而反诸淳朴。
其所持之理论，则以为"汉魏风骨，
晋宋莫传；齐梁间诗，彩丽竞繁，
而兴寄都绝"（《孤[1]竹篇序》）。

陈子昂

文胜返质，为其最大主张。其诗务"骨气端详，音情顿挫"（同上），
而恒以单行之笔出之，与沈宋之专崇对偶，回忌声病者，全立于反对
地位。例如《感遇》：

---

[1]　应为"修"。——编者注

　　翡翠巢南海，雄雌珠树林。何知美人意，娇爱比黄金。杀身炎州里，委羽玉堂阴。旖旎光首饰，葳蕤烂锦衾。岂不在遐远？虞罗忽见寻！多材固为累，嗟息此珍禽！

所谓"陶洗六朝铅华都尽，托寄大阮"（《艺苑卮言》）者也。

　　张九龄（字子寿，韶州曲江人）、李白（字太白，陇西成纪人）继起，并以复古相号召。九龄亦作《感遇》十二首，其一云：

　　兰叶春葳蕤，桂华秋皎洁。欣欣此生意，自尔为佳节。谁知林栖者，闻风坐相悦。草木有本心，何求美人折。

寄兴遥深，实与子昂同派。白才逸气高，与子昂齐名，先后合德。其论诗云："梁陈以来，艳薄斯极，休文又尚以声律。将复古道，非我而谁？"（孟棨《本事诗》）尝作《古风》以标宗旨。其第一首云：

李白

　　大雅久不作，吾衰竟谁陈？王风委蔓草，战国多荆榛。龙虎相啖食，兵戈逮狂秦。正声何微茫？哀怨起《骚》人。扬马激颓波，开流荡无垠。废兴虽万变，宪章亦已沦。自从建安

来，绮丽不足珍。圣代复元古，垂衣贵清真。群才属休明，乘运
共跃鳞。文质相炳焕，众星罗秋旻。我志在删述，垂晖映千春。
希圣如有立，绝笔于获麟。

其以复古自任如此！白又尝言："兴寄深微，五言不如四言，七言又
其靡也；况使束于声调，俳优哉！"（《本事诗》）白富天才，驰骋
笔力，兼工各体。杜甫尝拟以"清新庾开府，俊逸鲍参军"（《春日
怀李白》），殆犹非白之本志。

陈、李诸人，各以复古自命；仍不免囿于风气，兼作律诗；特皆
五言，不为七律耳。如子昂之《入峭峡》：

> 肃徒歌伐木，驾楫漾轻舟。靡迤随波水，潺湲溯浅流。烟沙
> 分两岸，露岛夹双洲。古树连云密，交峰入浪浮。岩潭相映媚，
> 溪谷屡环周。路回光逾逼，山深兴转幽。麏麚寒思晚，猿鸟暮声秋。
> 誓息兰台策，将从桂树游。因书谢亲爱，千岁觅蓬丘。

白之《送友人》：

> 青山横北郭，白水绕东城。此地一为别，孤蓬万里征。浮云
> 游子意，落日故人情。挥手自兹去，萧萧班马鸣。

何尝不属对严整，"律切精深"？惟其风骨高骞，不流于绮靡，故足取耳。

自子昂以迄张、李，从事复古运动；虽未能将律诗推倒，而古近
二体，疆界以分。即近体律诗，亦转崇风力，以下开开元、天宝之盛，
为诗歌史上放一异彩。则三家复古之说，即为启新之渐，此实诗坛一
大转关也。

第九章　诗歌之黄金时代

　　唐自太宗奠定国基，累世帝王，并崇文学，积百余年之涵养，至开元、天宝间，篇什纷披，人才辈出。既而安（禄山）史（思明）乱作，诗人忧患饱更，愁苦呼号，作风丕变。乱前乱后，又为一大转关；而此五六十年间，遂为诗歌之黄金时代。

　　盛唐作者，世推王（维字摩诘，河东人）、李（白）、高（适字达夫，渤海蓨人）、岑（参，南阳人），而四家并擅乐府新词，别出机杼。李白以复古自任，而笔力变化，极于歌行。王世贞以白为七言歌行之圣，谓能"以气为主，以自然为宗，以俊逸高畅为贵，咏之使人飘飘欲仙"（《艺苑卮言》）。例如《梦游天姥吟留别》：

　　　　海客谈瀛洲，烟涛微茫信难求。越人语天姥，云霓明灭或可睹。天姥连天向天横，势拔五岳掩赤城。天台四万八千丈，对此欲倒东南倾。我欲因之梦吴越，一夜飞度镜湖月。湖月照我影，送我至剡溪。谢公宿处今尚在，绿水荡漾清猿啼。脚著谢公屐，身登青云梯。半壁见海日，空中闻天鸡。千岩万转路不定，迷花倚石忽已暝。熊咆龙吟殷岩泉，栗深林兮惊层巅。云青青兮欲雨，水澹澹兮生烟。列缺霹雳，丘峦崩摧。洞天石扇，訇然中开。青冥浩荡不见底，日月照耀金银台。霓为衣兮风为马，云之君兮纷纷而来下。虎鼓瑟兮鸾回车，仙之人兮列如麻。忽魂悸以魄动，恍惊起而长嗟。惟觉时之枕席，失向来之烟霞。世间行乐亦如此！古来万事东流水。别君去兮何时还？且放白鹿青崖间，须行即骑访名山。安能摧眉折腰事权贵，使我不得开心颜？

恍恍迷离，涉想奇幻；用笔尤超拔纵恣，不仅能见其想象力之高而已。

王维好禅静，爱山水，开唐代"自然诗人"之宗；而乐府歌词，在当时流传颇盛。死后代宗曾对其弟缙言："卿之伯氏，天宝中，诗名冠代。朕尝于诸王座闻其乐章。"其作《洛阳女儿行》时年仅十六，作《桃源行》

王维

时年仅十九，作《燕支行》时年仅二十一（并见《王右丞集》自注）。其乐府歌行，大抵皆少作。晚居辋川别业，与裴迪弹琴赋诗，歌唱自然，翛然有出世之想，作品乃与陶潜为近。

高岑歌行，最为矫健；岑尤磊落奇俊，特工边塞之作。岑尝从封常清军，官安西，先后凡五载（参考《旧唐书·封常清传》及《许彦周诗话》）。所有绝域风光，奇闻逸事，参皆身亲而目击之。故其诗亦挟塞外风沙之气，声容激壮，变化无方。例如《走马川行奉送出师西征》：

> 君不见，走马川行雪海边，平沙莽莽黄入天。轮台九月风夜吼，一川碎石大如斗，随风满地石乱走。匈奴草黄马正肥，金山西见烟尘飞，汉家大将西出师。将军金甲夜不脱，半夜军行戈相拨，风头如刀面如割。马毛带雪汗气蒸，五花连钱旋作冰，幕中草檄砚水凝。虏骑闻之应胆慑，料知短兵不敢接，车师西门伫献捷。

是能于李杜之外，别成风格。南宋陆游之作，受其影响甚深。

清代丁观鹏《仿韩滉七才子过关图》中的岑参等诗人

自王维栖心禅悦，寄情山水，为歌唱自然之诗；孟浩然（襄阳人）、储光羲（兖州人）继之，并以陶潜为法。沈德潜谓："陶诗胸次浩然，其中有一段渊深朴茂不可到处。唐人祖述者，王右丞有其清腴，孟山人有其闲远，储太祝有其朴实。"（《说诗晬语》）三家皆多作五言，与高岑诸人分途发展；而维之五言绝句，如《辋川集》中诸作，尤简淡高远，不食人间烟火气，是能于诸家之外，开径独行者。特录二首如下：

木兰柴

秋山敛余照，飞鸟逐前侣。彩翠时分明，夕岚无处所。

栾家濑

飒飒秋雨中，浅浅石溜泻。跳波自相溅，白鹭惊复下。

前人称维"诗中有画"，信然。

唐人以绝句入乐，开元天宝间，此风尤盛。旗亭赌唱，所歌并为绝句诗（详《碧鸡漫志》）。一时作者云兴，而李白与王昌龄（字少伯，京兆人）最为杰出。王世贞称："七言绝句，王江陵（昌龄曾官江陵丞）与太白争胜毫厘，俱是神品。"（《艺苑卮言》）昌龄所作宫怨，尤深合风人微婉之义，饶弦外之音。例如《长信秋词》：

奉帚平明金殿开，且将团扇暂徘徊。玉颜不及寒鸦色，犹带昭阳日影来！

深情幽怨，意旨微茫，令人测之无端，玩之无尽（《唐诗别裁集》）。王士祯以此与王维之"渭城朝雨"，李白之"朝辞白帝"，王之涣之"黄河远上"，为唐人压卷之作。以为"终唐之世，绝句亦无出此四章之右者"（《万首绝句选凡例》）。若论寄兴深微，则三家视此，殆犹有逊色焉。

此一时期之诗歌，如上述诸家，并各有其创造精神，而自成体格。他如殷璠《河岳英灵集》所录盛唐作者，如常建、刘眘虚、张渭、王季友、陶翰、李颀、崔颢、薛据、綦毋潜、崔国辅、贺兰进明、崔曙、王湾、祖咏、卢象、李嶷、阎防之属，所谓"既闲新声，复晓古体，文质半取，风骚两挟，言气骨则建安为传，论宫商则太康不远"（《河岳英灵集论》）者，亦足窥见当时作者之盛，兹亦不暇详及云。

第十章 诗圣杜甫

　　天宝之乱，诗人转徙流离，回首承平，如梦初觉；于是出其训练有素之诗笔，以从事于目击身经社会实际状况之描写，由浪漫而回到平实，由天上而回到人间（参用胡适《白话文学史》）；用诗歌以表现人生，反映社会；于是内容益见充实，光焰万丈，亘古常新。杜甫适当其时，既体备众制，旋经丧乱流离之痛，实始转移目标，以表现时代精神，而开诗坛之新局。无论内容形式，创格至多。自元稹、秦观，咸以甫为集大成之作者；近人梁启超，且有"情圣杜甫"之目。谓杜甫为"诗圣"，盖古今无异辞矣。

杜甫

　　甫论诗主张，与李白异趣。白好为高论，甫则奄取众长。尝言"不薄今人爱古人"，"转益多师是汝师"；

又称"窃攀屈宋宜方驾，颇学阴何苦用心"（《戏为六绝句》）；并足窥见其训练之精工，与门庭之广大。其取材既博，又能舍短取长，故其为诗，"上薄《风》《雅》，下该沈宋，言夺苏李，气吞曹刘，掩颜谢之孤高，杂徐庾之流丽，尽得古人之体势，而兼今人之所独专"（元稹《杜君墓志铭》）。此其技术之训练，过于当世诸贤者也。

甫诗功既深，乃脱弃古人，而自行创造。元稹称其"《悲陈陶》《哀江头》《兵车》《丽人》等，凡所歌行，率皆即事名篇，无复倚傍"（《乐府古题序》）。其五言古体，如《北征》《奉先咏怀》《三吏》《三别》诸作，并能注意民生疾苦，表现当世社会实在情形，可泣可歌。至《茅屋为秋风所破歌》之末段：

> 安得广厦千万间，大庇天下寒士俱欢颜，风雨不动安如山。
> 呜呼！何时眼前突兀见此屋，吾庐独破受冻死亦足！

悲壮热烈，真有"释迦基督担当人世罪恶之意"（借用王国维评李后主词句），甫之所以为"情圣"者以此。更录《自京赴奉先县咏怀五百字》一首如下：

> 杜陵有布衣，老大意转拙。许身一何愚？窃比稷与契。居然成濩落，白首甘契阔。盖棺事则已，此志常觊豁。穷年忧黎元，叹息肠内热。取笑同学翁，浩歌弥激烈。非无江海志，萧洒送日月。生逢尧舜君，不忍便永诀。当今廊庙具，构厦岂云缺？葵藿倾太阳，物性固难夺。顾惟蝼蚁辈，但自求其穴。胡为慕大鲸，辄拟偃溟渤？以兹悟生理，独耻事干谒。兀兀遂至今，忍为尘埃没？终愧巢与由，未能易其节。沉吟聊自适，放歌破愁寂。岁暮百草零，疾风高冈

清代董邦达《杜甫诗意轴》

裂。天衢阴峥嵘，客子中夜发。霜严衣带断，指直不得结。凌晨过骊山，御榻在嵽嵲。蚩尤塞寒空，蹴踏崖谷滑。瑶池气郁律，羽林相摩戛。君臣留欢娱，乐动殷樛葛。赐浴皆长缨，与宴非短褐。彤庭所分帛，本自寒女出。鞭挞其夫家，聚敛贡城阙。圣人筐篚恩，实欲邦国活。臣如忽至理，君岂弃此物？多士盈朝廷，仁者宜战栗。况闻内金盘，尽在卫霍室。中堂舞神仙，烟雾蒙玉质。暖客貂鼠裘，悲管逐清瑟。劝客驼蹄羹，霜橙压香橘。朱门酒肉臭，路有冻死骨。荣枯咫尺异，惆怅难再述。北辕就泾渭，官渡又改辙。群冰从西下，极目高崒兀。疑是崆峒来，恐触天柱折。河梁幸未坼，枝撑声窸窣。行旅相攀援，川广不可越。老妻寄异县，十口隔风雪。谁能久不顾？庶往共饥渴。入门闻号咷，幼子饥已卒。吾宁舍一哀？里巷亦呜咽。所愧为人父，无食致夭折！岂知秋未登，贫窭有仓卒？生常免租税，名不隶征伐。抚迹犹酸辛，平人固骚屑。默思失业徒，因念远戍卒。忧端齐终南，澒洞不可掇！

甫诗有云"读书破万卷，下笔如有神"（《赠韦左司》）；又云"词源倒流三峡水，笔阵横扫千人军"（《醉歌行》）；不啻自道其歌行之体格。至入蜀以后，生活较为安定，又稍转变作风；兴之所至，不惜破坏律体，自创音节；开宋金诸贤无数法门。例如《九日》：

去年登高郪县北，今日重在涪江滨。苦遭白发不相放，羞见黄花无数新。世乱郁郁久为客，路难悠悠常傍人。酒阑却忆十年事，肠断骊山清路尘。

与沈宋律诗，格调绝不相同，此足见甫之富于解放精神也。其绝句信口冲出，啼笑雅俗，皆中音律；（王世贞说）而绝去寻常畦町。其愤慨之作，有如《三绝句》之一：

      殿前兵马虽骁雄，纵暴略与羌浑同。闻道杀人汉水上，妇女多在官军中！

诙谐之作，有如《绝句漫兴》九首之一：

      隔户杨柳弱袅袅，恰似十五女儿腰。谁谓朝来不作意？狂风挽断最长条。

在盛唐绝句中，未见第二人如此作法者，又足见甫之富于创作精神也。

    总之甫于诗歌，从多方面发展，又无体不别出新意。天宝之乱，成就此伟大诗人，实诗歌史上之无上光荣矣。

第十一章　唐音之剧变

唐诗自李杜而还，能独辟蹊径，卓然自成一宗，而影响北宋诸家最大者，厥惟韩愈（字退之，南阳人）；而唐音之变，亦自愈始。

愈生安史乱定之后，以古文相号召，主张"文必己出"；论诗崇李杜，而又不欲与之同风。其服膺李杜，有"想当施手时，巨刃摩天扬，垠崖划崩豁，乾坤摆雷硠"（《调张籍》）之语。其为诗则主"横空盘硬语，妥帖力排奡"（《荐士诗》）。其运用之方，则喜以单行之笔，尽扫浮艳骈偶，务以豪放痛快，险峭通达取胜。又自知其才力，视李杜微弱，往往长篇一韵到底，又故狃险韵以避熟就生；畅所欲言，而不免失之好尽。

韩愈

虽自创特殊之音节，要不及盛唐诸公之铿锵悦耳。沈括谓："韩退之诗，乃押韵之文耳；虽健美富赡，而格不近诗。"（《苕溪渔隐丛话》引）陈师道亦有"韩以文为诗，故不工"（《后山诗话》）之论。然其音节意境，皆戛戛独造，一洗软媚庸滥之习；洵唐音之剧变，亦诗歌中之疏凿手也。例如《山石》：

> 山石荦确行径微，黄昏到寺蝙蝠飞。升堂坐阶新雨足，芭蕉叶大栀子肥。僧言古壁佛画好，以火来照所见稀。铺床拂席置羹饭，疏粝亦足饱我饥。夜深静卧百虫绝，清月出岭光入扉。天明独去无道路，出入高下穷烟霏。山红涧碧纷烂漫，时见松枥皆十围。当流赤足蹋涧石，水声激激风吹衣。人生如此自可乐，岂必局促为人靰？嗟哉吾党二三子，安得至老不更归？

大踏步而来，全无忸怩之态；此元好问所谓"江山万古潮阳笔，合卧元龙百尺楼"（《论诗绝句》）者也。

自韩愈言诗，首倡雄怪，一时诙诡险僻之词竞作，而诗体遂发生重大变化。孟郊（字东野，湖州武康人）、卢仝（范阳人），皆与愈友善，而为愈所推挹，并务锤幽凿险，与愈异轨同奔者也。

郊耽吟成癖，尝有"夜

孟郊

吟晓未休，苦吟神鬼愁，如何不自闲，心与身为仇"（《夜感自遣》）之句；思苦奇涩，而造语至新辟。愈尝赞之曰："东野动惊俗，天葩吐奇芬。"（《醉赠张秘书》）例如《秋怀》：

> 竹风相戛语，幽闺暗中闻。鬼神满衰听，恍惚难自分。商叶随干雨，秋衣卧单云。病骨可剸物，酸呻亦成文。瘦攒如此枯，壮落随西曛。袅袅一线命，徒言系絪缊。

扫尽陈言，特工苦语。苏轼论其诗云："诗从肺腑出，出辄愁肺腑。"（《读孟郊诗》）东野诗格，此十字足以尽之。世以"韩孟"并称，则又轼所谓"要当斗僧清，未足当韩豪"；东野之深，固不及昌黎之大也。

仝自号玉川子，以怪辞惊众，有《月蚀》《与马异结交》诸诗，尤为怪诞。在律体盛行之际，有此诙诡之笔，一洗肤庸滥套，固自可喜。然其高出时人处，仍在切近人情之作，语杂嘲戏，令人啼笑皆非。如《走笔谢孟谏议寄新茶》《示添丁》诸篇，最堪把玩。其《示添丁》云：

> 春风苦不仁，呼逐马蹄行人家。惭愧痒气却怜我，入我憔悴骨中为生涯。数日不食强强行，何忍索我抱看满树花？不知四体正困惫，泥人啼哭声呀呀。忽来案上翻墨汁，涂抹诗书如老鸦。父怜母惜掴不得，却生痴笑令人嗟。宿舂连晓不成米，日高始进一碗茶。气力龙钟头欲白，凭仗添丁莫恼爷。

语意之新警，略近东野；特孟主严肃，卢饶诙谐风趣，两人襟抱，各自不同尔。

孟郊、卢仝之外，辞尚奇诡，而为韩愈所称道者，有李贺（字长吉，系出郑王后）。贺所得皆惊迈，绝去翰墨畦径，当时无能效者。乐府数十篇，云韶诸工，皆合之弦管（《唐书传》卷一三七）。杜牧序其诗集，以为"鲸呿鳌掷，牛鬼蛇神，不足为其虚荒诞幻"；则亦与仝殊途同归者也。贺诗以险丽著，然锤炼之极，精光烂然。例如《雁门太守行》：

> 黑云压城城欲摧，甲光向日金鳞开。角声满天秋色里，塞上胭脂凝夜紫。半卷红旗临易水，霜重鼓寒声不起。报君黄金台上意，提携玉龙为君死。

真不愧为"呕心"之作。惜其年止二十七，不获益宏造就耳！

以上三家，虽户庭各辟，而究其归趣，则皆韩愈"文必己出"一语，有以发之。故谓唐音之剧变，由于韩氏一人倡导之力可也。此系作者，尚有刘义、刘言史（字枣强）、贾岛（字浪仙，范阳人）之属。岛诗苦涩之趣，与孟郊略同，故有"郊寒岛瘦"之称；又与义同为韩门弟子。义以《冰柱》诗得名，奇恣与卢仝为近。言史诗"美丽恢赡，自贺外世莫得比"（皮日休《刘枣强碑文》）。孟郊尝有诗哭之云："精异刘言史，诗肠倾珠河"，可想见其风格。然此诸家，影响皆不及韩、孟、卢、贺之大，故不暇详述云。

第十二章　新乐府之发展

　　新乐府多关于社会问题之作，将以"补察时政，泄导人情"（白居易《与元九书》）。郭茂倩云："新乐府者，皆唐世之新歌也。以其辞实乐府，而未尝被于声，故曰新乐府也。"（《乐府诗集》）

　　自杜甫有"朱门酒肉臭，路有冻死骨"（《奉先咏怀》）之诗，而社会问题，始引起诗人之注意。同时元结（字次山，河南人）作《舂陵行》《贼退示官吏》等篇，关心民瘼；杜甫引为同调，谓"不意复见比兴体制，微婉顿挫之词！"（《同元使君舂陵行序》）结以为民生之凋敝，在于官吏之不恤民隐；故其诗云："使臣将王命，岂不如贼焉？今彼征敛者，迫之如火煎。谁能绝人命，以作时世贤？"（《贼退示官吏》）当时百姓对于官吏之畏惧心理，亦于其诗中充分表出。其《喻瀼西乡旧游》云："往年在瀼滨，瀼人皆忘情。今来游瀼乡，瀼人见我惊。我心与瀼人，岂有辱与荣？瀼人异其心，应为我冠缨。"可以窥见其时社会景况。而官吏鱼肉百姓之故，则在"近年更长吏，数月未为速"（《喻常吾直》）。诗人之注意社会问题，而表现于诗歌，盖以元杜二家为最早。结又作《闵荒诗》，假隋人《冤歌》，以寓规讽之义。又有《系乐府》十二首，并托兴风人，为元白新乐府之先声。当天宝乱事未起之先，社会已呈崩溃之象，结诗所表现，真不愧为有"时代精神"者矣。

天宝乱后，社会复归小康；大历（代宗）、长庆（穆宗）间，藩镇跋扈，演成割据之局。人民困于官吏之诛求，政府不思救济，于是社会形成两大阶级，而民生日趋凋敝。诗人恻然不忍，乃起而从事于新乐府运动，以代抒冤抑；张籍（字文昌，和州乌江人）、王建（字仲初，颍川人）其尤著者也。

白居易

籍与韩愈、孟郊、元稹、白居易，并有往还，与愈交谊尤笃，而作风自异。居易称其诗云："风雅比兴外，未尝著空文。……上可裨教化，舒之济万民。"（《读张籍古乐府》）居易于韩孟诗，不稍称说，独对籍服膺如是；其意固以杜甫、元结而后，"但歌生民病"者，惟籍为然也。籍诗有反对资本主义者，如《山农词》《贾客乐》等篇是；有反抗统治阶级者，如《废宅行》是；有讨论妇女问题者，如《妾薄命》《离妇》等篇是（参考胡适《白话文学史》）。兹举《废宅行》一篇以示例：

胡马崩腾满阡陌，都人避乱唯空宅。宅边青桑垂宛宛，野蚕食叶还成茧。黄雀衔草入燕窠，啧啧啾啾白日晚。去时禾黍埋地中，饥兵掘土翻重重。鸱鸮养子庭树上，曲墙空屋多旋风。——乱后几人还本土？惟有官家重作主！

建与籍厚善，其送籍归江东诗云："君诗发大雅，正气回我肠。"
又云："出处两相依，如彼衣与裳。"二人作风，亦正相似。建所为
乐府，多为农工代抱不平，而致慨乎社会制度之不良，思有以改革之。
集中有写男工之痛苦者，如《水夫谣》《水运行》等篇是；有写女工
之痛苦者，如《簇蚕辞》《当窗织》《织锦曲》等篇是。其尤动人者，
如《簇蚕辞》之末段：

> 三日开箔雪团团，先将新茧送县官。已闻乡里催织作，去与
> 谁人身上著？

《当窗织》之末段：

> 草虫促促机下啼，两日催成一匹半。输官上头有零落，姑未
> 得衣身不著！当窗却羡青楼倡，十指不动衣盈箱！

此等诗并富社会主义色彩，所谓"为事而作，为人而作"，与元白同
其旨归者也。

与张王先后作新乐府者，尚有顾况（字逋翁，海盐人）。况欲以
古诗三百篇之体制为新乐府，有《补亡训传》十三章；其《囝》一章，
序云："哀闽也。"（囝音蹇，闽俗呼子为囝，父为郎罢）其末段云：

> 郎罢别囝："吾悔生汝，及汝既生，人劝不举。不从人言，
> 果获是苦，"囝别郎罢，心摧血下："隔地绝天，及至黄泉，不
> 得在郎罢前！"

南宋陈居中《王建宫词图》

胡适以为充满尝试精神(《白话文学史》),其风格则与古乐府《孤儿行》相近者也。

孟郊以穷愁诗人,间作新乐府,如《织妇辞》中之"如何织纨素,自著蓝缕衣!"极似张王风格。其《寒地百姓吟》:

> 无火炙地眠,半夜皆立号。冷箭何处来?棘针风骚骚。霜吹破四壁,苦痛不可逃。高堂捶钟饮,到晓闻烹炮。寒者愿为蛾,烧死彼华膏。华膏隔仙罗,虚绕千万遭。到头落地死,踏地为游遨。游遨者是谁?君子为郁陶。

上承杜甫,下开元白,描写之刻挚,视诸家似有过之。惜郊未能放大眼光,专从此方发展,致有"诗囚"(元好问说)之目,转令张王独作社会诗人耳!

第十三章　新乐府之极盛

新乐府之发展，至元稹（字微之，河南河内人）、白居易（字乐天，其先太原人，后徙下邽）而臻极盛。且标揭旗帜，大事宣传；一反韩派诗人之作风，避艰深而就平实，使诗歌复趋于"社会民众化"。斯固上承元、杜、张、王之系统，更从而扩大之者也。

白氏对于此事之主张，谓"文章合为时而著，诗歌合为事而作"（《与元九书》），又曰："感人心者，莫先乎情，莫始乎言，莫切乎声，莫深乎义。……音有韵，义有类。韵协则言顺，言顺则声易入；类举则情见，情见则感易交。"（同上）知声音之道感人深，故欲利用诗歌以改良社会；而又明定义例，以求收效之宏；故其言曰："其辞质而径，欲见之者易喻也；其言直而切，欲闻之者深诫也；其事核而实，使采之者传信也；其体顺而肆，可以播于乐章歌曲也。"（《新乐府序》）其诗侧重写实，而以通俗为主，故有"老妪皆解"之称。其流传之广，则元稹所称："二十年间，禁省观寺邮候墙壁之上无不书，王公妾妇牛童马走之口无不道。"（《长庆集序》）其能深入人心坎，而引起共鸣，盖自有诗人以来，无出其右者。

稹与居易交谊最深，鼓吹作新乐府亦最力；而其动机则在目击当时社会情况，藩镇割据，擅作威福，思欲发之（详见《叙诗寄乐天书》）。

又受杜甫歌行之影响，谓
"予少时与友人白乐天、
李公垂辈，谓是为当，
遂不复拟赋古题"（《乐
府古题序》）。以二人之
鼓吹，而诗格为之大变，
所谓"嘲风雪，弄花草"
之作，渐为社会所唾遗；
诗歌与社会人生，始发生
密切之关系。元白真诗坛
之"广大教化主"已！

元稹

元白新乐府之重要作
品，稹有《和李校书新题
乐府》十二首，居易有《秦
中吟》十首，《新乐府》五十篇；皆"不虚为文"，词主切直；而居
易影响为尤大。其最动人者，如《秦中吟》第二首之"夺我身上暖，
买尔眼前恩"；第十首之"一丛深色花，十户中人赋"；并辞情激烈，
富于时代精神。至其《新乐府》中，尤多"脍炙人口"之作。移录二
篇如下：

卖炭翁 苦宫市也。

卖炭翁，伐薪烧炭南山中。满面尘灰烟火色，两鬓苍苍十指黑。
卖炭得钱何所营？身上衣裳口中食。可怜身上衣正单，心忧炭贱
愿天寒。夜来城上一尺雪，晓驾炭车辗冰辙。牛困人饥日已高，
市南门外泥中歇。翩翩两骑来是谁？黄衣使者白衫儿。手把文书

口称敕，回车叱牛牵向北。一车炭重千余斤，官使驱将惜不得！半匹红纱一丈绫，系向牛头充炭直。

上阳白发人 愍怨旷也。

上阳人，红颜暗老白发新，绿衣监使守宫门，一闭上阳多少春？玄宗末岁初选入，入时十六今六十。同时采择百余人，零落年深残此身。忆昔吞悲别亲族，扶入车中不教哭。皆云入内便承恩，脸似芙蓉胸似玉。未容君王得见面，已被杨妃遥侧目。妒令潜配上阳宫，一生遂向空房宿。宿空房，秋夜长，夜长无寐天不明。耿耿残灯背壁影，萧萧暗雨打窗声。春日迟，日迟独坐天难暮。宫莺百啭愁厌闻，梁燕双栖老休妒。莺归燕去长悄然，春往秋来不记年。唯向深宫望明月，东西四五百回圆。今日宫中年最老，大家遥赐尚书号。小头鞋履窄衣裳，青黛点眉眉细长。外人不见见应笑，天宝末年时世妆。上阳人，苦最多！少亦苦，老亦苦，少苦老苦两如何？君不见昔时吕向《美人赋》？又不见今日《上阳白发歌》？

稹作《新题乐府》，虽不及居易之富，而讽刺时政，极见苦心。两人同声，各以此获罪，同遭贬谪。唐诗之有"元白"，为平民代鸣冤抑不平之气，真不愧为"社会诗人"矣！录元氏《织妇词》：

织妇何太忙！蚕经三卧行欲老。蚕神女圣早成丝，今年丝税抽征早。早征非是官人恶，去岁官家事戎索。征人战苦束刀疮，主将勋高换罗幕。缲丝织帛犹努力，变缉撩机苦难织。东家头白双女儿，为解挑纹嫁不得。（余揽荆时，目击贡绫户有终老不嫁之女。）檐前袅袅游丝上，上有蜘蛛巧来往。羡他虫豸解缘天，能向虚空织罗网。

南宋梁楷《蚕织图卷》之织妇

積于穆宗时，官至宰相；年五十三，卒于武昌。居易克享大年，晚年转变作风，务为"闲适"；虽造诣益进，而影响不及所为新乐府之深。其七言律诗，不用故实，而自然工妙。后与刘禹锡有"刘白"之称，即多以此体相唱和云。

元白除新乐府外，其影响后来最大者，厥惟七言歌行。其所谓"长庆体"，音节谐和，铺叙宛转，最宜于歌咏时事之作；所以后人仿效者，直至近代而犹未全衰也。录元氏《连昌宫词》一首：

连昌宫中满宫竹，岁久无人森似束。又有墙头千叶桃，风动落花红蔌蔌。宫边老翁为余泣："小年进食曾因入。上皇正在望仙楼，太真同凭阑干立。楼上楼前尽珠翠，炫转荧煌照天地。归来如梦复如痴，何暇备言宫里事？初过寒食一百六，店舍无烟宫树绿。夜半月高弦索鸣，贺老琵琶定场屋。力士传呼觅念奴，念奴潜伴诸郎宿。须臾觅得又连催，特敕街中许然烛。春娇满眼睡红绡，掠削云鬟旋装束。飞上九天歌一声，二十五郎吹管逐。逡巡大遍《凉州》彻，色色龟兹《轰录》续。李謩擪笛傍宫墙，偷得新翻数般曲。平明大驾发行宫，万人歌舞涂路中。百官队仗避岐薛，杨氏诸姨车斗风。明年十月东都破，御路犹存禄山过。驱令供顿不敢藏，万姓无声泪潜堕。两京定后六七年，却寻家舍行宫前。庄园烧尽有枯井，行宫门闭树宛然。尔后相传六皇帝，不到离宫门久闭。往来年少说长安，玄武楼成花萼废。去年敕使因斫竹，偶值门开暂相逐。荆榛栉比塞池塘，狐兔骄痴缘树木。舞榭欹倾基尚存，文窗窈窕纱犹绿。尘埋粉壁旧花钿，乌啄风筝碎珠玉。上皇偏爱临砌花，依然御榻临阶斜。蛇出燕窠盘斗拱，菌生香案正当衙。寝殿相连端正楼，太真梳洗楼上头。晨光未出帘影黑，至今反挂珊瑚钩。指似傍人因恸哭，却出宫门泪相续。自从此后还闭门，夜夜狐狸上门屋。"我闻此语心骨悲，太平谁致乱者谁？翁言："野父何分别，耳闻眼见为君说。姚崇宋璟作相公，劝谏上皇言语切。燮理阴阳禾黍丰，调和中外无兵戎。长官清平太守好，拣选皆言由相公。开元之末姚宋死，朝廷渐渐由妃子。禄山宫里养作儿，虢国门前闹如市。弄权宰相不记名，依稀忆得杨与李。庙谟颠倒四海摇，五十年来作疮痏。今皇神圣丞相明，诏书才下吴蜀平。官军又取淮西贼，此贼亦除天下宁。年年耕种宫前道，今年不遣子孙耕。"老翁此意深望幸，努力庙谟休用兵。

第十四章 律诗之极盛

自大历以迄长庆，六七十年间，有意别辟户庭之诗家，约可分为平易与奇险二派。韩愈为后一派代表，孟郊、卢仝、李贺之属辅之；由张籍、王建，以下逮元稹、白居易，则属于前一派；分庭抗礼，并见创造精神。此外作者亦多，而创格稀见；性灵陶写，多以律诗，绝句亦甚盛行，故当补述。

《唐诗纪事》以卢纶（字允言，河中蒲人）、钱起（吴兴人）、郎士元（字君胄，中山人）、司空曙（字文初，广平人）、李端（字正己，赵郡人）、李益（字君虞，姑臧人）、苗发（晋卿子）、皇甫曾（字孝常，丹阳人）、耿沛（字洪源，河东人）、李嘉祐（字从一，赵州人）为大历十才子。《唐书》有吉中孚（鄱阳人）、韩翃（字君平，南阳人）、崔峒、夏侯审，而无郎士元、皇甫曾、李益、李嘉祐。要之诸人在当日诗坛，皆有所自树，且多以律绝擅长者也。

钱郎最工律诗，故当时有"前有沈宋，后有钱郎"之说。李益在贞元末，与李贺齐名；每一篇成，乐工争以赂求取之，被声歌供奉天子（《碧鸡漫志》）。王世贞云："绝句李益为胜，韩翃次之。"（《艺苑卮言》）张实居论七律云："天宝以还，钱刘并鸣；中唐作者尤多，

《碧鸡漫志》

韦应物、皇甫伯仲（冉、曾）以及大历十子，接迹而起，敷词益工，而气或不逮。元和以后，律体屡变；其造意幽深，律切精密，有出常情之外；虽不足鸣大雅之林，亦可谓一倡三叹。"（《师友诗传录》）然则虽谓自大历以来，为律诗之极盛时代可也。

十子之外，刘长卿（字文房，河间人）以律诗负盛名，有"五言长城"之自负语；七律影响亦大。秦系（字公绪，会稽人）与长卿善，诗亦功力悉敌。又有释皎然（姓谢氏，长城人）、严维（字正文，山阴人）之流，作家盖多不胜举矣。录诸家代表作各一首：

送耿拾遗归上都　　刘长卿

若为天畔独归秦，对水看山欲暮春。穷海别离无限路，隔河征战几归人？长安万里传双泪，建德千峰寄一身。想到邮亭愁驻马，不堪西望见风尘！

山中酬杨补阙见访　　钱起

日暖风恬种药时，红泉翠壁薜萝垂。幽溪鹿过苔还静，深树云来鸟不知。青琐同心多逸兴，春山载酒远相随。却惭身外牵缨冕，未信尊前倒接篱。

春思 皇甫曾

莺啼燕语报新年，马邑龙堆路几千？家住层城邻汉苑，心随明月到胡天。机中锦字论长恨，楼上花枝笑独眠。为问元戎窦车骑，何时返旆勒燕然？

赠钱起秋夜宿灵台寺见寄 郎士元

石林精舍武溪东，夜扣禅扉谒远公。月在上方诸品静，心持半偈万缘空。苍苔古道行应遍，落木寒泉听不穷。更忆双峰最高顶，此心期与故人同。

至德中途中书事却寄李儋 卢纶

乱离无处不伤情，况复看碑对古城？路绕寒山人独去，月临秋水雁空惊。颜衰重喜归乡国，身贱多惭问姓名。今日主人还共醉，应怜世故一儒生。

在律诗盛行之际，有韦应物（京兆长安人）、柳宗元（字子厚，河东人），绍述王储，上规陶谢。钱椠谓："韦公古澹，胜于右丞，故于陶为独近。"（《砚佣说诗》）应物又兼擅歌行，为白居易所推服。居易尝云："近岁韦苏州歌行，才丽之外，颇近兴讽。其五言诗又高雅闲澹，自成一家之体。今之秉笔者，谁能及之？"（《与元九书》）其歌行如《鸢夺巢》：

野鹊野鹊巢林梢，鸱鸢恃力夺鹊巢。吞鹊之肝啄鹊脑，窃食偷居常自保。凤凰五色百鸟尊，知鸢为害何不言？霜鹯野鹘得残肉，同啄膻腥不肯逐。可怜百鸟生纵横，虽有深林何处宿！

明代李流芳《画唐人诗意册·韦应物南塘泛舟会元六昆季诗》

则亦与白氏新乐府同其旨归者也。宗元诗刻意学谢，代表作如《南涧中题》：

秋气集南涧，独游亭午时。回风一萧瑟，林影久参差。始至若有得，稍深遂忘疲。羁禽响幽谷，寒藻舞沦漪。去国魂已远，怀人泪空垂。孤生易为感，失路少所宜。索寞竟何事？徘徊只自知。谁为后来者，当与此心期。

苏轼以为"忧中有乐，妙绝古今"。盖由盘郁之久，一时触发，又非大谢之所能笼罩矣。

大历后诗，宗元之外，有刘禹锡（字梦得，彭城人）。论者以为高于刘长卿（《说诗晬语》）。禹锡晚年，多与白居易唱和，时号"刘白"。其诗讽托幽远，又极注意民歌。既以王叔文党，坐贬朗州司马。蛮俗好巫，尝依骚人之旨，倚其声作《竹枝词》十余篇，武陵溪洞间悉歌之（《全唐诗》小传）。居易相继有作，遂开后来倚声填词之风焉。为录《竹枝》二首如下：

　　　　山桃红花满上头，蜀江春水拍山流。花红易散似郎意，水流无限似侬愁。

　　　　瞿唐嘈嘈十二滩，此中道路古来难。长恨人心不如水，等闲平地起波澜！

　　原律诗之为体，最宜竞巧一句一字之间，雕镂风云，涂饰花草。唐人酬应之作，以此为多。而韦柳于韩白二派之外，独尚古体；禹锡又复注意民歌，以一变近体律绝之风格；亦研究唐代诗歌史者所不容忽也。

第十五章　晚唐诗

陆游云："诗至晚唐，气格卑靡。"（《花间集跋》）高棅则称："开成（文宗）以后，则有杜牧之之豪纵，温飞卿之绮靡，李义山之隐僻，许用晦之偶对。他若刘沧、马戴、李群玉、李频等，尚能黾勉气格，埒迈时流；此晚唐变态之极，而遗风余韵，犹有存者焉。"（《唐诗品汇序》）晚唐人诗，惟工律绝二体；不流于靡弱，即多凄厉之音，亦时代为之也。

杜牧（字牧之，京兆万年人）与李商隐（字义山，怀州河内人）齐名，世称"小李杜"。牧诗情致豪迈；商隐则能学老杜，而得其藩篱（《蔡宽夫诗话》引王安石语），为宋初"西昆体"之祖。牧论诗崇李杜而薄元白，以《张好好》《杜秋娘》诸诗，著称当世，而特长仍在近体律绝。其绝句如《赤壁》：

　　折戟沈沙铁未销，自将磨洗认前朝。东风不与周郎便，铜雀春深锁二乔。

深得微婉不迫之趣。王世懋谓"晚唐七言绝句，脍炙人口，其妙至欲胜盛唐"（《艺圃撷余》）；牧与商隐，尤其杰出者也。商隐律诗尤

清代邹一桂《杜牧诗意图》（局部）

典丽，喜作无题，有确有寄托者，有戏为艳体者，有实属狎邪者（详《四库提要》），而注家每穿凿求之，转多乖失。例如《锦瑟》：

> 锦瑟无端五十弦，一弦一柱思华年。庄生晓梦迷蝴蝶，望帝春心托杜鹃。沧海月明珠有泪，蓝田日暖玉生烟。此情可待成追忆，只是当时已惘然！

恍恍迷离，读之令人如堕五里雾中，但觉缠绵悱恻，荡志移情，正亦不须求甚解也。

温庭筠（本名岐，字飞卿，太原人）又与商隐齐名，号称"温李"。喜作侧艳小词，其诗亦多绮罗芗泽之态，风格视商隐为低；然三家皆唐诗之后劲也。

此外诗名之较著者，有郑谷（字守愚，袁州人）、张祐（字承吉，清河人）、朱庆余（名可久，越州人）、许浑（字用晦，丹阳人）、赵嘏（字承祐，山阳人）、卢肇（字子发，袁州人）、项斯（字子迁，江东人）、马戴（字虞臣）、薛能（字太拙，汾州人）、李群玉（字文山，澧州人）、刘沧（字蕴灵，鲁人）、皮日休（字袭美，襄阳人）、陆龟蒙（字鲁望，苏州人）、司空图（字表圣，河中虞乡人）、曹唐（字尧宾，桂州人）、李咸用、方干（字雄飞，新定人）、罗隐（字昭谏，余杭人）、唐彦谦（字茂业，并州人）、吴融（字子华，山阴人）之流，或师张籍，或师姚合（陕州硖石人），或受温李之熏陶；其间皮陆并称，方干尤长律体，正亦未容偏废者也。

五代之乱，诗人转徙流离，韩偓（字致尧，京兆万年人）入闽，韦庄（字端己，杜陵人）入蜀，并能开一方之风气，而卓然名家。庄以《秦妇吟》一诗负盛名，沉埋千载，近年始于敦煌石室，发现流传。居蜀所作小词，为词坛"开山作祖"，视其诗成就尤大，容别详于下编中。偓善香奁，自成一格。他作亦凄艳入骨，纯为亡国哀思之音。例如《惜花》：

> 皱白离情高处切，腻红愁态静中深。眼随片片沿流去，恨满枝枝被雨淋。总得苔遮犹慰意，若教泥污更伤心。临轩一盏悲春酒，明日池塘是绿阴。

感怆缠绵，视温庭筠为饶气骨矣。

第十六章　西昆体及其反动

宋初诗多效晚唐，气格卑靡。至"杨亿（字大年，建州浦城人）在两禁，变文章之体；刘筠（字之仪[1]，大名人）、钱惟演（字希圣，吴越王钱俶子）辈从而效之，以新诗更相属和；亿后编叙之，题曰《西昆酬唱集》"（田况《儒林公议》）。作者十七人，以李商隐为宗，诗皆近体，竞崇典丽，"词取妍华，而不乏兴象"（《四库提要》）；其弊则在"多用故事，至于语僻难晓"（《六一诗话》）。例如亿作《汉武》：

> 蓬莱银阙浪漫漫，弱水回风欲到难。光照竹宫劳夜拜，露漙金掌费朝飧。力穷青海求龙种，死讳文成食马肝。待诏先生齿编贝，那教索米向长安？

每句皆用典实，索解已难。诸人又多为咏物之诗；石介至作《怪说》以刺之，谓"杨亿穷妍极态，缀风月，弄花草，淫巧侈丽，浮华纂组"，皆切中其病。后进弥以驰逐，致有"优伶拊扯"之讥，宜其引起诗坛

---

[1]　应为"子仪"。——编者注

杨亿

欧阳修

之反动也。

西昆势盛之际,已有徐铉(字鼎臣,会稽人)、王禹偁(字元之,济州巨野人)等,由元和以上规李杜,稍崇风骨。欧阳修(字永叔,江西庐陵人)、苏舜钦(字子美,其先梓州桐山人,家开封)、梅尧臣(字圣俞,宣州宣城人),承流接响,相率为革新运动;而修以位高望重,实为总持。叶梦得云:"欧阳文忠公诗,始矫昆体,专以气格为主,故其言多平易疏畅。"(《石林诗话》)修于同时诗人,特推苏梅二家,揄扬不遗余力;而二人者皆落拓不偶,穷而工诗。修尝言:"圣俞、子美齐名于一时,而二家诗体特异;子美笔力豪隽,以超迈横绝为奇;圣俞覃思精微,以深远闲淡为意。"(《六一诗话》)然修与二氏,"尽变昆体,独倡生新,必辞尽于言,言尽于意,发挥铺写,曲折层累以赴之,竭尽乃止"(叶燮《原诗》);则固受韩愈"以

文为诗"之影响,而所谓"宋诗"之特殊面目,亦至此始豁然呈露矣。兹录苏梅诗各一首以示例:

猎狐篇 苏舜钦

老狐宅城隅,涵养体丰大。不知窟穴处,草木但掩蔼。秋食承露禾,夏饮灌园派。暮夜出旁舍,鸡畜遭横害。晚登埤堄坞,呼吸召百怪。或为婴儿啼,或变艳妇态。不知几十年,出处颇安泰。古语比社鼠,盖亦有恃赖。邑中年少儿,耽猎若沈瘵。远郊尽雉兔,近水歼鳞介。养犬号青鹘,逐兽驰不再。勇闻此老狐,取必将自快。纵犬索幽邃,张人作疆界。兹时颇窘急,迸出赤电骇。群小助呼嗥,奔驰数颠沛。所向不能入,有类狼失狈。钩牙咋巨颡,髓血相溃沫。喘叫遂死矣,争观若期会。何暇正首丘,腥臊满蓬艾。数穴相穿通,城堞几隳坏。久此纵凶妖,一旦果祸败。皮为榻上藉,肉作盘中脍。观此为之吟,书以为警戒。

书哀 梅尧臣

天既丧我妻,又复丧我子。两眼虽未枯,片心将欲死。雨落入地中,珠沉入海底。赴海可见珠,掘地可见水。唯人归泉下,万古知已矣!拊膺当问谁?憔悴鉴中鬼。

第十七章　元祐体与江西宗派

宋诗至熙宁（神宗）、元祐（哲宗）间而臻极盛。严羽《沧浪诗话》，始标"元祐体"之目，而以苏（轼）、黄（庭坚）、陈（师道）诸公当之。然此期诗家成就之最大者，前则苏轼（字子瞻，一字和仲，自号东坡居士，眉山人）、王安石（字介甫，号半山，抚州临川人），后则陈师道（字无己，一字履常，彭城人）、黄庭坚（字鲁直，自号山谷道人，洪州分宁人），而严氏独遗安石，殆以政治关系欤？

轼与安石同受知于欧阳修，轼尤为修所爱。修固崇尚韩愈者；轼承其后，益以雄迈超绝之天才，阔视横行，更从而恢张扩大之。刘克庄云："坡诗略如昌黎，有汗漫者，有典严者，有丽缛者，有简淡者，翕张开阖，千变万态，盖自以其气魄力量为之。"（《后村诗话》）清人赵翼亦称："以文为诗，始自昌黎；至东坡益大放厥辞，别开生面。天生一枝健笔，有必达之隐，无难显之情。"（《瓯北诗话》）轼诚宋代诗坛之柱石也！轼诗以七言古体，最擅胜场。例如《泗州僧伽塔》：

> 我昔南行舟系汴，逆风三日沙吹面。舟人共劝祷灵塔，香火未收旗脚转。回头顷刻失长桥，却到龟山未朝饭。至人无心何厚

薄？我自怀私欣所便。耕田欲雨刈欲晴，去得顺风来者怨。若使人人祷辄遂，造物应须日千变。我今身世两悠悠，去无所逐来无恋。得行固愿留不恶，每到有求神亦倦。退之旧云三百尺，澄观所营今已换！不嫌俗士污丹梯，一看云山绕淮甸。

安石"少以意气自许，故诗语惟其所向，不复更为含蓄。后为群牧判官，从宋次道尽假唐人诗集，博观而约取，晚年乃尽深婉不迫之趣"（《石林诗话》）。其长篇古体，立意翻新，如《明妃曲》之"意态由来画不成，当时枉杀毛延寿"。又云："家人万里传消息，好在毡城莫相忆！君不见咫尺长门闭阿娇，人生失意无南北！"多发议论，则亦受韩欧之影响，

王安石

而与轼风格略同者也。叶梦得称其"晚年诗律尤精严，造语用字，间不容发"（《石林诗话》）。其最大成就，乃在七言绝诗。严羽云："公绝句最高，其得意处，高出苏、黄、陈之上。"（《沧浪诗话》）兹举《南浦》一首为例：

南浦东江二月时，物华撩我有新诗。含风鸭绿鳞鳞起，弄日鹅黄袅袅垂。

庭坚与秦观（字少游，一字太虚，扬州高邮人）、张耒（字文潜，淮阴人）、晁补之（字无咎，钜野人）号"苏门四学士"，而庭坚诗最为杰出。庭坚得诗法于其父庶（字亚夫）；庶诗学杜、学韩（参考《后山诗话》及《四库总目·伐檀集提要》）；庭坚更从而加以发挥，以自创一种特殊音节，而特注意于句法之锻炼。例如《登快阁》：

> 痴儿了却公家事，快阁东西倚晚晴。落木千山天远大，澄江一道月分明。朱弦已为佳人绝，青眼聊因美酒横。万里归来弄长笛，此心吾与白鸥盟。

陈师道

气象阔大，声韵铿锵，自出于杜律中之拗体，而加以变化者也。庭坚五七言古体，亦以生新瘦硬擅场，足医浮滑庸滥之病。惟好奇过甚，末流不免险怪枯槁，面目可憎耳。

师道初学于曾巩（字子固，南丰人），后见鲁直诗，格律一变；鲁直谓其诗深得老杜之法（《宋诗钞》）。曾客苏门，为轼所称。其人品极高，尤以苦吟著；其诗"雄健清劲，幽邃雅淡，有一尘不染之气"（《后山集跋》）。最工五律；七律亦气象峥嵘，与庭坚为近。例如《九日寄秦觏》：

> 疾风回雨水明霞，沙步丛祠欲暮鸦。九日清尊欺白发，十年

为客负黄花。登高怀远心如在，向老逢辰意有加。淮海少年天下士，可能无地落乌纱？

自吕本中（字居仁，寿州人）作《江西诗社宗派图》，由黄庭坚以下，列陈师道、潘大临（字邠老，黄冈人）、谢逸（字无逸，临川人）、洪朋（字龟父，豫章人，庭坚甥）、洪刍（字驹父，朋弟）、饶节（字德操，临川人）、徐俯（字师川，分宁人，庭坚甥）、韩驹（字子苍，蜀之仙井监人）、晁冲之（字叔用，钜野人）等，至本中二十五人；其人不尽籍江西，其诗亦不专一体。吕氏作图，徒以黄为江西人，特借以为重耳。元好问尝有"论诗宁下涪翁拜，未作江西社里人"（《论诗绝句》）之语，则宗派之说，为人诟病，盖已久矣。

宋末方回撰《瀛奎律髓》，主江西派，又倡为"一祖三宗"之说；一祖者杜甫，三宗者黄庭坚、陈师道、陈与义（字去非，洛阳人）。此自成一系统，影响后来者甚深。"江西诗派"之名，所以能垂诸久远者，皆黄陈之力也。

第十八章　宋诗之转变

世言宋诗，大抵以元祐诸贤为矩则；其脱离唐诗面目，而自成体格者，亦极其致于苏黄二家。南宋国势衰微，人怀悲愤，激昂蹈厉之音作，而向之以才智、学问、议论为诗，尽情驰骋者，其风稍杀矣。

陈与义生于北宋末造，南渡后，避乱襄汉，转湖湘，逾岭峤，而诗格大变。刘克庄称："元祐后，诗人迭起，不出苏黄二体。及简斋（与义别号）始以老杜为师。建炎间，避地湖峤，行万里路，诗益奇壮，造次不忘忧爱。以简严扫繁缛，以雄浑代尖巧，第其品格，当在诸家之上。"（《后村诗话》）其诗如《伤春》：

庙堂无策可平戎，坐使甘泉照夕烽！初怪上都闻战马，岂知穷海看飞龙。孤臣白发三千丈，每岁烟花一万重。稍喜长沙向延阁，疲兵敢犯犬羊锋。

又如《牡丹》：

一自边尘入汉关，十年伊洛路漫漫。青墩溪畔龙钟客，独立东风看牡丹！

皆所谓"感时抚事，慷慨激越，寄托遥深，乃往往突过古人"（《四库提要》）者也。

南宋偏安局定之后，诗人有尤袤（字延之，无锡人）、杨万里（字廷秀，号诚斋，吉州吉水人）、范成大（字致能，自号石湖居士，吴郡人）、陆游（字务观，号放翁，越州山阴人），合称"尤杨范陆"，为南宋四家；或有萧德藻（字东夫，号千岩老人）而无尤袤；然二人诗集皆

陆游

不传，所可称述者，惟杨、范、陆三家耳。

游诗法传自曾几（字吉甫，号茶山，赣县人），几诗以杜甫、黄庭坚为宗。赵庚夫题《茶山集》云："咄咄逼人门弟子，剑南已见一灯传。"（《诗人玉屑》）可想见陆诗渊源所自。陆诗迈绝时流处，即在其忧国之壮烈抱负，充分表现于字里行间；其富于爱国心，亦受几之感化。尝跋几奏议稿云："无三日不进见，见必闻忧国之言。"赵翼称游"以一筹莫展之身，存一饭不忘之谊，举凡边关风景，敌国传闻，悉入于诗。或大声疾呼，或长言永叹，命意既有关系，出语自觉沉雄"（《瓯北诗话》）。陆诗成就之惊人，盖受多方面之影响；其歌行又往往与岑参相近。且居蜀日久，恒出入军中；故其诗激壮悲凉，

足以作懦夫之气；近体律绝，皆充满热情，而七绝尤工。兹录二首以示例：

建安遣兴

绿沈金镞少年狂，几过秋风古战场。梦里浑忘闽峤远，万人鼓吹入平凉。

示儿

死去元知万事空，但悲不见九州同。王师北定中原日，家祭毋忘告乃翁！

成大在四家内，官位最高。尝充四州制置使。陆游入蜀，曾往依之。晚年退隐苏州之石湖。词人姜夔（字尧章，番阳人）亦受礼遇。其诗初学李贺、王建，颇有关涉社会问题之作，如《催租行》《缲丝行》《后催租行》等篇是。其《催租行》之末段：

床头悭囊大如拳，扑破正有三百钱。不堪与君成一醉，聊复偿君草鞋费。

足见当时官吏欺侮百姓情形。迨退隐石湖，始专为田园诗，而自成风格。尝作《四时田园杂兴》六十首，描写农村风味，颇能体贴入微。例如《夏日田园杂兴》：

梅子金黄杏子肥，麦花雪白菜花稀。日长篱落无人过，惟有蜻蜓蛱蝶飞。

昼出耘田夜绩麻，村庄儿女各当家。童孙未解供耕织，也傍桑阴学种瓜。

杨万里

杨万里尝称其诗云："大篇决流，短章敛芒，缛而不酿，缩而不僒；清新妩丽，奄有鲍谢；奔逸俊伟，穷追太白。"（《石湖全集序》）殆非溢美之辞也。

万里立朝多大节，然特以诗名。方回称其"一官一集，每集必变一格"（《瀛奎律髓》）。其自作《荆溪集序》云："予之诗始学江西诸君子，既又学后山（陈师道）五字律，既又学半山老人七字绝句，晚乃学绝句于唐人。"又云："于是辞谢唐人及王、陈、江西诸君子，皆不敢学，而后欣如也。"终乃"万象毕来，献予诗材，盖麾之不去，前者未仇，而后者已迫，涣然未觉作诗之难也"。万里经几许训练，乃欣然有得，而一任自然，其成功仍以七绝为最大；出语浅白，而折叠赴之，令人玩味无穷。例如《夜坐》：

绣帘无力护东风，烛影何曾正当红。兽炭薰炉犹道冷，梅花不易立霜中。

《明发房溪》：

> 山路婷婷小树梅，为谁零落为谁开？多情也恨无人赏，故遣低枝拂面来。

万里晚年，最喜称道刘（禹锡）白（居易），宜其力求浅白，而颇接近民歌也。

南宋诗人，除上述三家之外，能卓然自树者，实不多觏。后起有"永嘉四灵"，其人为徐照（字道晖，一字灵晖）、徐玑（字灵渊）、翁卷（字灵舒）、赵师秀（字紫芝，号灵秀），皆永嘉人，工为唐律，专以贾岛、姚合为法。《四库提要》称："四灵之诗，虽镂心钺肾，刻意雕琢；而取径太狭，终不免破碎尖酸之病。"（《芳兰轩集提要》）其不足跻于诸大家之列可知。

江湖派继"四灵"而起，其间作者，除姜夔、刘克庄（字潜夫，莆田人）、戴复古（字式之，天台黄岩人）、方岳（字巨山，号秋崖，新安祁门人）四家外，类皆不足称述。所谓"江湖派"者，以钱塘书肆陈起（字宗之）能诗，凡江湖诗人，俱与之善，刊《江湖集》以售（《瀛奎律髓》），所录凡六十二家；而姜夔、洪迈皆孝宗时人，不应与诸家并列。此派之不为人重视，从可知矣。

第十九章　金元诗

　　金人崛兴塞外，既定鼎燕京，进取汴梁，与宋成南北对峙之局。宋文士如宇文虚中、蔡松年、高士谈、吴激辈，先后归之，因挟苏学北行，东坡诗遂盛行于金国，以启一朝之盛。松年（字伯坚）与激（字彦高），实导金诗之先河。既而蔡珪（字正甫，松年子）、党怀英（字世杰）、赵秉文（字周臣，自号闲闲，滏阳人）、王寂（字元老，苏州玉田人）、王若虚（字从之，藁城人）、李俊民（字用章，泽州人）相继出，以风雅相号召。除赵秉文以下四家，各有专集流传外，金诗作品，并详元好问所辑《中州集》中。金诗积百年之涵养，乃集大成于元好问；足与南宋陆游，角双雄于坛坫，为金诗生色不少矣。

　　好问（字裕之，太原定襄人）七岁能诗，以《箕山》《琴台》等诗，受知于赵秉文，秉文以为少陵以来，无此作也（详郝经《遗山先生墓志》）。好问称秉文诗，以为近陶潜、阮籍（《闲闲公墓志》）；又称："苏子瞻绝爱陶柳二家，极其诗之所至，诚亦陶柳之亚。"（《东坡诗雅序》）其论诗宗旨，详所为《论诗绝句》二十首中；大抵主真淳，喜豪纵，所尚在阮籍、陶潜、韩愈、苏轼之间。郝经称其"歌谣跌宕，挟幽并之气，高视一世"（《墓志》）。赵翼又谓："其廉悍沉挚处，较胜于苏、陆。盖生长云朔，其天禀本多豪健英杰之气；又值金源亡国，以宗社丘墟之感，发为慷慨悲歌，有不求而自工者。"（《瓯北诗话》）其诗兼工各体，七律尤沉挚悲凉，自成声调，可泣可歌。例如《眼中》：

> 眼中时事益纷然，拥被寒灯夜不眠。骨肉他乡各异县，衣冠今日是何年！枯槐聚蚁无多地，秋水鸣蛙自一天。何处青山隔尘土？一庵吾欲送华颠。

元好问

又断句如《出京》之"只知灞上真儿戏，谁谓神州遂陆沉！"《送徐威卿》之"荡荡春天非向日，萧萧春色是他乡"；《岐阳》之"野蔓有情萦战骨，残阳何意照空城"；《楚汉战处》之"原野犹应厌膏血，风云长遣动心魂"；《石岭关书所见》之"已化虫沙休自叹，厌逢豺虎欲安逃"，并感怆激昂，令人读之声泪俱下矣。

元以异族入主中夏，对汉人之压迫，有甚于金。士气销沉，或混迹于倡优，假杂剧以遣忧避祸，曲盛而诗词皆无甚特色，亦时势为之也。元初诗人，有赵孟頫（字子昂，湖州人）、仇远（字仁近，钱塘人）、刘因（字梦吉，号静修，容城人）、王恽（字仲谋，汲县人）、袁桷（字伯长，鄞人）、袁易（字通甫，长洲人）等，视宋末江湖一派之纤佻，故自不同；而刘、王、二袁，风骨高迈，亦自一时之俊也。

元诗之代表作家，世称虞（集字伯生，侨居崇仁）、杨（载字仲宏，浦城人）、范（梈字德机，清江人）、揭（傒斯字曼硕，龙兴富州人）四家，风格各异，而以集为大宗；载诗风规雅瞻，雍雍有元祐之遗音；梈诗豪宕清遒，兼擅诸胜；傒斯则清丽婉转，集曾以"簪花美女"目之（参考《辍耕录》及《四库提要》）。又有吴莱（字立夫，浦阳人），其诗雄深卓绝，特善歌行；萨都拉（字天锡，本蒙古人，居雁门）最长于情，其诗流丽清婉，为集所推服；凡此皆元诗之卓卓者。

杨维桢（字廉夫，宏子）最晚出，特以乐府擅名。《四库提要》称其"根柢于青莲、昌谷，纵横排奡，自辟町畦；其高者或突过古人，其下者亦多堕入魔趣"（《铁崖古乐府题要》）。王士祯《论诗绝句》云："铁崖乐府气淋漓，渊颖（吴莱）歌行格尽奇。耳食纷纷说开宝，几人眼见宋元诗？"维桢入明尚在，真元诗之后劲也。

第二十章　明诗之衰敝

明诗专尚摹拟，鲜能自立。一代文人之才力，趋新者争向散曲方面发展；守旧者则互相标榜，高谈复古以自鸣高；转致汩没性灵，束缚才思；末流竞相剽窃，丧其自我。明诗喜言盛唐，乃不免化神奇为臭腐；又多立门户，以相攻击；作者虽多，要为诗歌史上之一大厄运已！

明初作者，以刘基（字伯温，青田人）、高启（字季迪，长洲人）最为杰出。王世贞谓："才情之美，无过季迪；声气之雄，次及伯温。"（《艺苑卮言》）基、振奇人也，为诗独标高格，极见抱负，而尤工乐府。例如《走马引》：

刘基

天冥冥，云濛濛，当天白日中贯虹。壮士拔剑出门去，手提仇头掷草中。掷草中，血漉漉，追兵夜至深谷伏。精神感天天心哀，太乙乃遣天马从天来，挥霍雷电扬风埃。壮士呼，天马驰，横行白昼，吏不敢窥。戴天之耻自古有必报，天地亦与相扶持。夫差徒能不忘而报越，栖于会稽又纵之。始知壮士独无愧，鲁庄何以为人为？

永乐（成祖）以来，有所谓"台阁体"者，以"三杨"（杨士奇、杨荣、杨溥）为主，雍容平易，有承平之风。迨"弘正（孝宗年号弘治，武宗年号正德）四杰"（李梦阳、何景明、边贡、徐祯卿）起，言诗必盛唐，而风气为之一变。何（字仲默，信阳人）、李（字天赐，更字献吉，庆阳人）最负重名，力倡复古；而李东阳（字宾之，号西涯，茶陵人）实为先导。嘉靖（世宗）间，李攀龙（字于鳞，历城人）、王世贞（字元美，自号弇州山人，太仓人）出，复奉以为宗；天下推"李、何、王、李为四大家，莫不争效其体。梦阳欲使天下毋读唐以后书"（《四库·空同集提要》），景明则深崇"初唐四杰"之格。王士祯云："接迹风人《明月篇》，何郎妙悟本从天。王杨卢骆当时体，莫逐刀圭误后贤。"（《论诗绝句》）则对景明亦致不满也。

明诗有前后"七子"之目，"后七子"以攀龙为冠，世贞从而和之；攀龙先逝，而世贞名位日高，声气日广，执诗坛之牛耳者，垂二十年。袁宏道兄弟，尝以"赝古"诋攀龙。世贞持论，亦主诗必盛唐，而藻饰太甚，攻者四起；然其对于各种文艺，并善批评，所著《艺苑卮言》，亦文学批评中之要籍也。

谢榛（字茂秦，临清人）名稍亚于王李，特以五言近体，独步于"后七子"间。尝与王李结社燕市，其论诗宗旨，亦略相同。

明人摹拟之习，至"公安三袁"（宗道字伯修，宏道字无学，中道字小修）出，始渐革除。宗道始与南充黄辉，力排王李之说，论诗于唐好白居易，于宋好苏轼。其弟宏道、中道，益矫以清新轻俊；学者多舍王李而从之，目为"公安体"（参考谢无量《中国大文学史》）。其所持宗旨，谓："唐自有古诗，不必《选》体；中晚皆有诗，不必初盛；欧、苏、黄、陈各有诗，不必唐人。唐诗色泽鲜妍，如旦晚脱笔砚者；今诗才脱笔砚，已是陈言；岂非流自性灵，与出自剽拟所从来异乎？"（《静志居诗话》引）凡此，皆深中明代诸家之病，宜"一时闻者涣然神悟，若良药之解散，而沉疴之去体也"（朱彝尊说）。其诗虽间出以俳谐调笑，又杂俚言，而生气充溢行间，信明代诗坛之一大解放已！

三袁之后，复有钟（惺字伯敬，竟陵人）、谭（元春字友夏，竟陵人）合选《古诗归》《唐诗归》二书，学者靡然从之，谓之"竟陵体"。其诗务为幽深孤峭；朱彝尊斥其"著一字务求之幽晦，构一题必期于不通"（《静志居诗话》），且以"妖孽"目之，未免贬抑过甚。然明诗至此复坏，而国亦旋亡矣。

第二十一章　清诗之复盛

　　清虽以异族入据中原，而对于汉族文化，接受甚早，濡染亦深。康熙（圣祖）帝天纵多才，耀兵塞外，既定西藏，平台湾，宇内晏然，国威大震，太平之业，绵亘二百数十年。直至洪（秀全）、杨（秀清）变兴，始见兵革。中间休养生息，文人才士，得以致力于学术文艺，其惊人之发展，几欲超迈汉唐；即就诗歌而言，亦远胜元、明两代。清诗虽亦规抚唐、宋，而诸大家各能自出心裁，特具风格，非如明人之以"赝古"欺人也。

　　清初作者，大抵皆明季遗民。钱谦益（字受之，号牧斋，虞山人）、吴伟业（字骏公，号梅村，太仓人）与龚鼎孳（字孝升，号芝麓，合肥人）称"江左三家"，而鼎孳不逮钱、吴远甚。谦益诗出入李、杜、韩、白、苏、陆、元、虞之间，才力富健，一时罕与抗手。伟业对于"歌行一体，尤所擅长；格律本乎四杰，而情韵为深；叙述类乎香山，而风华为胜"（《梅村集提要》）。盖伟业身当"鼎革"之际，"遭逢丧乱，阅历兴亡"，故所作"激楚苍凉，风骨弥为道上"。且诗中关涉明季史事者，尤指不胜屈，长歌当哭，聊以写哀。伟业自言："吾诗虽不足以传远，而是中之寄托良苦。"（陈廷敬《吴梅村先生墓表》）篇篇言之有物，

钱谦益

故不觉其感怆淋漓；例如《圆圆曲》之"妻子岂应关大计？英雄无奈是多情；全家白骨成灰土，一代红妆照汗青"，可当"诗史"之目矣。

康熙盛时，有宋琬（字玉叔，号荔裳，山东莱阳人）、施闰章（字尚白，号愚山，安徽宣城人），号称"南施北宋"；而王士祯（字贻上，号阮亭，又号渔洋山人，山东新城人）实为骚坛盟主。"士祯谈诗，大抵源出严羽，以神韵为宗"（《渔洋精华录提要》）。其《论诗绝句》三十首，品评曹丕以下诸家诗，其第二十九首云："曾听巴渝里社词，三闾哀怨此中遗。诗情合在空舲峡，冷雁哀猿和《竹枝》。"可见其平生宗旨所在。闰章尝语士祯门人洪昇曰："尔师诗如华严楼阁，弹指即见；吾诗如作室者，瓴甓木石，一一就平地筑起。"（《居易录》）士祯专主神韵，故以七绝为最工。例如《冶春绝句》：

三月韶光画不成，寻春步屧可怜生。青芜不见隋宫殿，一种垂杨万古情。

当年铁炮压城开，折戟沉沙长野苔。梅花岭畔青青草，闲送游人骑马回。

真所谓"朱弦疏越，有一唱三叹之音"，开后来法门不少。

朱彝尊（字锡鬯，号竹垞，浙江秀水人）为诗兼工众体，或与士祯并称。赵执信谓："王之才高，而学足以副之；朱之学博，而才足以运之。"及论其失，则曰："朱贪多，王爱好。"（《谈龙录》）二家之外，以查慎行（字悔余，号初白，浙江海宁人）为最著。查诗渊源，大抵得诸苏轼为多；清诗风气，亦渐由宗唐，转而学宋矣。黄宗羲比其诗于陆游；王士祯则谓："奇创之才，慎行逊游；绵至之思，游逊慎行。"（《敬业堂集序》）此特就其律诗言之耳。

乾隆（高宗）、嘉庆（仁宗）间，袁枚（字子才，号简斋，钱塘人）、蒋士铨（字心余，号清容，江西铅山人）、赵翼（字云松，号瓯北，江苏阳湖人）号三大家。翼善论诗，有《瓯北诗话》，言多精辟。士铨以作传奇负盛誉，诗词皆不见特佳。枚诗主性灵，影响最大。尝谓："凡诗之传者，都是性灵，不关堆垛。"（《随园诗话》）又力破"温柔敦厚"

袁枚

之说，谓此"不过诗教之一端"（《再答李少鹤》）；颇能不囿于陈言，卓然有所自树。是时论诗者，沈德潜（字确士，号归愚，长洲人）举唐诗为指归，厉鹗（字太鸿，号樊榭，钱塘人）树宋诗为标准；诗家唐宋之界，又起纷争。枚则主"诗有工拙而无今古"，谓："诗者人之性情，唐、宋者，帝王之国号；人之性情，岂因国号而转移哉？"（《随园诗话》）持论并极通达。特其诗有时流于谐谑，不无轻佻之病，致为时人所诟病耳。

是时诗人尚有黄景仁（字仲则，武进人）、张问陶（号船山，遂宁人）、舒位（号铁云，大兴人）等。景仁《两当轩诗》，才气豪放似太白，近乃大行于世。然乾嘉之际，成就最大者，当推厉鹗。鹗五言融合陶、谢、韦、柳之长，近体从陈与义变化出之，尤工绝句。例如《虎丘送春》：

> 塔迥廊回燕燕飞，送春人去恋斜晖。似嫌荦确侵罗袜，却要残红作地衣。

清诗至乾嘉而臻于极盛，作者多不胜举；或规唐体，或尚宋贤。道光间，龚自珍（字璱人，号定盦，仁和人）为诗特奇丽，自成一格，近人多效之。迨咸丰兵起，诗风为之一变，无复雍雍盛世之音矣。

第二十二章 清诗之转变

咸丰、同治间，为清诗一大转变；所宗尚为杜甫、韩愈以及黄庭坚；而曾国藩（字涤生，湖南湘乡人）以望重位高，实为倡导。国藩诗虽未臻上乘，而提倡黄诗最力，转移风气，影响迄今；此治近代中国文学者所宜特别注意也。

嘉庆、道光以前，为诗宗杜韩者，惟一钱载（号箨石，秀水人）；稍后有程恩泽（号春海，歙人）、祁寯藻（号春圃，山西寿阳人），虽并不为王士祯、沈德潜二家之说所囿，而风气仍未大开。迨何绍基（字子贞，道州人）、郑珍（字子尹，贵州遵义人）同受业恩泽之门，遂传其业，而珍诗尤称绝诣。珍又与其乡人莫友芝（字子思[1]，号邵亭，独山人）并称，均多乱离之作。友芝序其《巢经巢诗》，谓："盘盘之气，熊熊之光，浏漓顿挫，不主故常。"陈衍则称其"历前人所未历之境，状人所难状之状"（《石遗室诗话》）。虽其法得诸韩愈、黄庭坚，而特饶新意，境界别辟，真一代之奇作也。珍自公车报罢后，蠖屈乡关，漂泊西南；友芝则受知于国藩，而与珍友谊最笃。国藩论诗宗旨，受珍影响甚深；清季诗人，皆间接被其熏染者也。

---

[1] 应为"子偲"。——编者注

莫友芝

太平天国取金陵，金和（号亚匏，江苏上元人）出入兵间，备尝艰苦，就所闻见，发为诗歌；极"以文为诗"之能事，而一种沉痛阴惨气象，视杜甫、郑珍，犹有过之（参用陈衍说）。其诗确能表现时代精神，而用笔之奇恣，则亦韩愈与北宋诸贤遗法也。例如《痛定篇》：

贼妇作何状？略似贼装束。当腰横长刀，窄袖短衣服。骑马能怒驰，黄巾赤其足。自从入城后，忽效吴楚俗。夜叉逞华妆，但解色红绿。彼或狐而貂，此或纱而縠。鬼蝶随风翻，岂问春寒燠？头上何所有？亦戴花与木。臂上何所有？亦缠金与玉。锦绔不蔽踝，但系裙六幅。更结男子袜，青鞋走相属。鸠舌纷笑哗，麕集踞高屋。朝去朝贼王，官以女头目。既定兄弟籍，乃尽姊妹族。大索从闺房，一见气敢触？惨惨眉尖蛾，撞撞心头鹿。小胆皆鼠销，修颈半蚕缩。吞声出门行，敢云路非熟？十里更五里，尚谓行不速。喃喃怒骂多，稍重且鞭扑。襆被未及携，知在何处宿！求死无死所，求生则此辱。苦恨小儿女，徒乱人意哭。弃置大道旁，不复计惨毒。

长者乞食呼，幼者蝇蜗簇。我急还家看，幸未被驱逐。

与金和同时，而以善写穷苦称者，有江湜（字弢叔，江苏长洲人）。其人一生坎壈，"所写穷苦情况，多东野、后山所未言；近人则郑子尹、金亚匏未能或之先"（《石遗室诗话》）。其诗"古体皆法昌黎，近体皆法山谷，无一切谐俗之语，错杂其间，戛戛乎其超出流俗"（彭蕴章《伏敔堂诗录序》）；诚咸同间一诗雄也。湜尤工讽刺，有《拟寒山诗》四十首，极嬉笑怒骂之致；兹录一首为例：

某甲善狎邪，能得名妓意。妓以名故骄，事之良不易。百端既尽欢，其术盖已秘。某乙窃学之，入官为能吏。

甲午（光绪二十年）中日之役，中国创巨痛深。诗人黄遵宪（字公度，广东嘉应人）崛起岭南，举一时可慨、可悲、可歌、可泣之事，悉形歌咏，遂为晚清诗坛，放一异彩。其论诗宗旨，谓："诗之外有事，诗之中有人；今之世异于古，今之人亦何必与古人同？"其运用之法，则主"取《离骚》、乐府之神理而不袭其貌，用古文家伸缩离合之法以入诗"。其述事则"举今日之官书、会典、方言、俗谚以及古人未有之物，未辟之境，耳目所历，皆笔而书之"（《人境庐诗草自序》）。又高揭"我手写我口，古岂能拘牵"之论，其富于解放精神如此！其官湖南按察使时，与巡抚陈宝箴（字右铭，江西义宁人）共倡新政；宝箴故与国藩善；遵宪诗学，宜其间接受国藩之影响。昌黎主"文必己出"，山谷则务生新，固革新派之先导也。遵宪诗关于感时抚事者，以《悲平壤》《东沟行》《哀旅顺》《哭威海》《降将军歌》《台湾行》《度辽将军歌》诸篇，为最有历史价值。例如《台湾行》：

黄遵宪

城头逢逢擂大鼓，"苍天苍天"泪如雨。"倭人竟割台湾去！当初版图入天府，天威远及日出处。我高我曾我祖父，刘杀蓬蒿来此土，糖霜茗雪千亿树，岁课金钱无万数。天胡弃我天何怒？取我脂膏供仇虏！眈眈无厌彼硕鼠，民则何辜罹此苦！亡秦者谁三户楚，何况闽粤千万户？成败利钝非所睹，人人效死誓死拒，万众一心谁敢侮？"一声拔剑起击柱，"今日之事无他语，有不从者手刃汝！"堂堂蓝旗立黄虎，倾城拥观空巷舞。黄金斗大印系组，直将"总统"呼巡抚。"今日之政民为主，台南台北固吾圉，不许雷池越一步。"

海城五月风怒号，飞来金翅三百艘，追逐巨舰来如潮。前者上岸雄虎彪，后者夺关飞猿猱，村田之铳备前刀，当辕披靡血杵漂，神焦鬼烂城门烧。谁与战守谁能逃？一轮红日当空高，千家白旗随风飘。搢绅耆老相招邀，夹跪道旁俯折腰，红缨竹冠盘锦绦，青丝辫发垂云髫，跪捧银盘茶与糕，绿沉之瓜紫蒲桃。"将军远来无乃劳？降民敬为将军导。"将军曰："来，呼汝曹！汝我黄种原同胞，延平郡王人中豪，实辟此土来分茅，今日还我天所教。

国家仁圣如唐尧，抚汝育汝殊黎苗，安汝家室毋谣诼！"将军徐
行尘不嚣，万马入城风萧萧。"呜呼将军非天骄，王师威德无不
包，我辈生死将军操，敢不归依明圣朝？"噫！嚱！吁！悲乎哉！
汝全台，昨何忠勇今何怯？万事反覆随转睫。平时战守无豫备，
曰忠曰义何所恃？

　　清之末季，诗人有樊增祥（号云门，别号樊山，湖北恩施人）、
易顺鼎（字仲硕，晚号哭庵，湖南龙阳人）、陈三立（字伯严，晚号
散原老人，江西义宁人）、陈衍（字叔伊，号石遗，福建侯官人）、
郑孝胥（字太夷，号苏盦，福建闽县人）等，而陈、郑影响为大。三
立为宝箴子，为诗"少时学昌黎，学山谷，后则直逼薛浪语（季宣）"。
衍称"其佳处可以泣鬼神，诉真宰者，未尝不在文从字顺中也；而荒
寒萧索之景，人所不道，写之独觉逼肖"（《石遗室诗话》）。晚居
卢山，巍然为诗坛老宿，而风格转益遒上。例如《夜坐》：

　　　松气围庐生夜寒，况移片月挂檐端。虫声鼠影都相避，只向
　　孤灯诉肺肝。

孝胥诗"少学大谢，浸淫柳州，益以东野，泛滥于唐彦谦、吴融以及
南北宋诸大家，而最喜荆公"（《石遗室诗话》）。然其精思健笔，
转与元遗山为近。衍教授南北，善说诗，以为"宋人皆推本唐人诗法，
力破余地耳"（《石遗室诗话》）。又标"同光体"之目，而论诗不
主一家云。
　　晚清诗坛，鲜不受陈、郑影响，俨然江西、福建二派；江西主山谷、
宛陵；福建则尚后山、简斋、放翁诸家；近复趋向晚唐，以写丧乱流
离之痛。自"新文学运动"起，而其风亦少衰矣。

下篇 ——

词 曲

第一章　词曲与音乐之关系

"词""曲"二体，原皆乐府之支流；特并因声度词，审调节唱，举凡句度长短之数，声韵平上之差，莫不依已成之曲调为准；复因所依之曲调，随音乐关系之转移，而"词"与"曲"各自分支，别开疆界。

宋翔凤云："宋元之间，词与曲一也；以文写之则为词，以声度之则为曲。"（《乐府余论》）"词""曲"皆有"曲度"，故谓之"填词"，又称"倚声"，并先有"声"而后有"词"；非若古乐府之始或"徒歌"，终由知音者为之作曲，被诸管弦也。

中国音乐，自汉魏以迄隋唐，为一大转变。所谓《房中》旧曲，九代遗声，与夫"西曲""吴声"，并渐销歇于陈隋之际。宋王灼云："盖隋以来，今之所谓'曲子'者渐兴，至唐稍盛；今则繁声淫奏，殆不可数。古歌变为古乐府，古乐府变为今曲子，其本一也。"（《碧鸡漫志》）此所谓"今曲子"，即"词"所依之声；其法原出龟兹人苏祗婆，自周武帝时，传入中国（详《隋书·音乐志》）；至隋唐间而西域乐大盛，且渐普遍于民间；所谓"自开元已来，歌者杂用胡夷里巷之曲"（《旧唐书·音乐志》）是也。

据崔令钦《教坊记》所载开元以来"燕乐杂曲"，至三百余曲之多；唐宋人填词，即多用其中"曲调"。《宋史·乐志》亦云："燕乐自周以来用之。唐贞观增隋九部为十部，以张文收所制歌名燕乐而被之管弦。厥后至坐伎部琵琶曲盛流于时，匪直汉氏上林乐府缦乐，不应经法而已。宋初置教坊，得江南乐，已汰其坐部不用。自后因旧曲创新声，转加流丽。"燕乐以琵琶为主，而张炎言协音之法，亦取正于哑觱篥（详《词源》下）；觱篥亦出胡中，而为燕乐中之主要乐器；故谓"词"为依"燕乐杂曲"之声而成，可无疑也。

西域乐流行既久，渐染华风，所谓"因旧曲创新声"，不免流于靡曼。金元崛兴沙塞，所用纯粹胡乐，嘈杂缓急之间，旧词至不能按；乃更造新声，而北曲大备（参用吴梅说）；所谓"以吹笛鸣角之雄风，汰金粉靡丽之末俗"（《词余讲义》）是也。明王骥德叙南北曲之渊源流变云："入宋而词始大振，署曰'诗余'，于今曲益近，周待制、柳屯田其最也；而单词双韵，歌止一阕，又不尽其变；而金章宗时，渐更为北词；如世所传董解元《西厢记》者，其声犹未纯也。入元而

《教坊记》

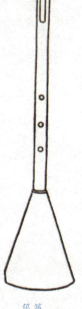

觱篥

益漫衍，其制枋调比声，'北曲'遂擅盛一代；顾未免滞于弦索，且多染胡语，其声近噍以杀，南人不习也。迨季世入我明，又变而为'南曲'，婉丽妩媚，一唱三叹；于是美善兼至，极声调之致。始犹南北画地相角，迩年以来，燕赵之歌童舞女，咸弃其捍拨，尽效南声，而北词几废。至北之滥，流而为《粉红莲》《银纽丝》《打枣竿》；南之滥，流而为吴之《山歌》、越之《采茶》诸小曲，不啻'郑声'，而各有其致。"（《曲律》）据王氏所言，南北曲之不得不随音乐关系为转变，又可知矣。

"词"为文人娱宾遣兴之资，以"清讴"为主，不与舞蹈同用；欧阳炯所谓"绮筵公子，绣幌佳人，递叶叶之花笺，文抽丽锦；举纤纤之玉指，拍按香檀"（《花间集序》）者，可想见其意趣。南北曲之"小令""套数"，其应用亦与"词"同；"套数"之曲，元人谓之"乐府"；作"小令"与五七言绝句同法，要酝藉，要无衬字，要言简而趣味无穷（并见《曲律》）；实与唐五代之"令词"相仿；特"曲调"变易耳。今故以"词""曲"同篇，借见演化之迹云。

第二章　燕乐杂曲词之兴起

今之所谓"词"，为"曲子词"之简称；在唐宋间，或称"曲子词"（《花间集序》），或称"今曲子"（《碧鸡漫志》），或仅称"曲子"（《画墁录》）。至称"长短句"，或曰"诗余"，则又晚出之名，非其朔也。

"曲子词"之兴起，当溯源于《乐府诗集》中之"近代曲辞"。郭茂倩云："近代曲者，亦杂曲也；以其出于隋、唐之世，故曰近代曲也。隋自开皇初，文帝置七部乐：一曰《西凉伎》，二曰《清商伎》，三曰《高丽伎》，四曰《天竺伎》，五曰《安国伎》，六曰《龟兹伎》，七曰《文康伎》。至大业中，炀帝乃立《清乐》《西凉》《龟兹》《天竺》《康国》《疏勒》《安国》《高丽》《礼毕》以为九部；乐器工衣，于是大备。唐武德初，因隋旧制，用九部乐。太宗增《高昌乐》，又造《燕乐》而去《礼毕曲》；其著令者十部：一曰《燕乐》，二曰《清商》，三曰《西凉》，四曰《天竺》，五曰《高丽》，六曰《龟兹》，七曰《安国》，八曰《疏勒》，九曰《高昌》，十曰《康国》，而总谓之《燕乐》；声辞繁杂，不可胜纪。凡燕乐诸曲，始于武德、贞观，盛于开元、天宝，其著录者十四调，二百二十二曲。"（《乐府诗集》

七九）据此，知隋唐间为"燕乐杂曲"之创作极盛时代。

《乐府诗集》所载"近代曲"，计与《教坊记》合者，有《抛球乐》《破阵乐》《还京乐》《千秋乐》《长命女》《杨柳枝》《浪淘沙》《望江南》《想夫怜》《凤归云》《离别难》《拜新月》《征步郎》《太平乐》《大郎神》《胡渭州》《杨下采桑》《大酺乐》《山鹧鸪》《醉公子》《叹疆场》《如意娘》《何满子》《水鼓子》（《教坊记》作《水沽子》）《绿腰》《凉州》《伊州》《甘州》《采桑》《霓裳》《雨霖铃》《回波乐》等三十二曲；并其余出《教坊记》外者，共收"近代曲"至八十四种之多；而唐人作除刘禹锡之《潇湘神》，白居易、刘禹锡之《忆江南》，王建之《宫中调笑》，韦应物之《调笑》，戴叔伦之《转应词》，吉中孚妻张氏之《拜新月》为长短句，确立后来"词"体外，余并五七言诗；则知开元、天宝间，虽"燕乐杂曲"盛行，而仍以旧体诗入曲；

唐太宗

朱熹所谓"古乐府只是诗,中间却添许多泛声;后来人怕失了那泛声,逐一添个实字,遂成长短句"(《朱子语类》百四十)者;在此时风气尚未大开;又王灼所云"唐时古意亦未全丧"(《碧鸡漫志》一)是也。

依"燕乐杂曲"之声,因而创作新词者,前人则以李白《菩萨蛮》《忆秦娥》二词,为百代词曲之祖(黄昇《唐宋诸贤绝妙词选》)。然二词晚出,且来历不明,近人已多疑之;而谓"依曲拍为句"之词,实始于刘禹锡、白居易(参看胡适《词的启源》)。惟考之《乐府诗集》,隋炀帝及其臣王冑同作之《纪辽东》,实为后来"倚声填词"之"滥觞"。特为拈出比勘如下:

炀帝作:

辽东海北翦长鲸(韵),风云万里清(叶)。方当销锋散马牛(句),旋师宴镐京(叶)。前歌后舞振军威(换韵),饮至解戎衣(叶)。判不徒行万里去(句),空道五原归(叶)。秉旄仗节定辽东(韵),俘馘变

隋炀帝

夷风（叶）。清歌凯捷九都水（句），归宴雒阳宫（叶）。策功行赏不淹留（换韵），全军借智谋（叶）。讵似南宫复道上（句），先封雍齿侯（叶）？

王胄作：

辽东浿水事龚行（韵），俯拾信神兵（叶）。欲知振旅旋归乐（句），为听凯歌声（叶）。十乘元戎才渡辽（换韵），扶涉已冰消（叶）。讵似百万临江水（句），按辔空回镳（叶）。天威电迈举朝鲜（韵），信次即言旋（叶）。还笑魏家司马懿（句），迢迢用一年（叶）。鸣銮诏跸发浍潼（换韵），合爵及畴庸（叶）。何必丰沛多相识（句），比屋降尧封（叶）？

综观一调四词，虽平仄尚未尽谐，而每首八句六叶韵，前后段各四句换韵，句法则七言与五言相间用之，四词无或差舛，形式最与唐末五代"令曲"相近；郭氏录冠《近代曲辞》，其为后来"倚声填词"之祖明矣。

"词"在隋代，既有创作，何以中间歇绝，竟鲜嗣音？推其最大原因，一为士大夫守旧心理，不甘俯就"胡夷里巷之曲"，为撰新词；一为乐工多取名人诗篇，为加"泛声"合之弦管（参看《词学季刊》创刊号拙著《词体之演进》）；前者为中国文人傲慢性之表现，后者足以助长其偷惰心理；长短句词发展之迟缓，皆此两重心理，作祟于其间也。

《尊前集》收唐人"词"，有明皇之《好时光》一首，李白之《连理枝》一首、《清平乐》五首、《菩萨蛮》三首、《清平调》三首，韦应物之《调笑》二首、《三台》二首，王建之《宫中三台》二首、《江南三台》四首、《宫中调笑》四首，杜牧之《八六子》一首，刘禹锡之《杨柳枝》十二首、《竹枝》十首、《纥那曲》二首、《忆江南》一首、《浪淘沙》九首、《潇湘神》二首、《抛球乐》二首，白居易之《杨柳枝》十首、《竹枝》四首、《浪淘沙》六首、《忆江南》二首、《宴桃源》三首，卢贞之《杨柳枝》一首，张志和之《渔父》五首，司空图之《酒泉子》一首，韩偓之《浣溪沙》二首，薛能之《杨柳枝》十八首，成文幹之《杨柳枝》十首，温庭筠之《菩萨蛮》五首。自韦应物以下，皆开元、天宝以后人，其词又多为五七言绝句诗体；在温庭筠以前，长短句词，固未风行于士大夫间也。欧阳炯《花间集序》称"在明皇朝，则有李太白之应制《清平乐调》四首"，不及其他；而所谓"《清平乐调》"，果为《尊前集》所载之《清平乐》，抑为七言绝句体之《清平调》？未易遽下断语。至明皇《好时光》：

> 宝髻偏宜宫样，莲脸嫩，体红香。眉黛不须张敞画，天教入鬓长。　　莫倚倾国貌，嫁取个、有情郎。彼此当年少，莫负好时光。

据近人刘毓盘之说，谓："此词疑亦五言八句诗，如'偏''莲''张敞''个'等字，本属和声，而后人改作实字。"（《词史》）志和《渔父》，亦七言绝句诗，特于第三句减一字，化作三字两句耳。然则"并和声作实字，长短其句，以就曲拍者"（《全唐诗注》），虽在开元、天宝早肇其端，而当时士大夫间，固不轻于尝试也。

第三章　杂曲子词在民间之发展

　　隋唐之际，西域乐既普遍流行于民间，杂曲歌词，乘时竞作。中国所有新兴文体，其始皆出自民间；迨行之既久，乃为文人所注意，由接受而加以改进，以跻于"大雅之堂"。"词"体之兴，亦犹此例。吾人研究词学演进之历史，正须考核当世民间歌曲情形；特以年远代湮，其人又皆无名作者，不及后起专家之易为推论耳。

　　自敦煌石室藏书，为法兰西人伯希和所发现；而唐写本《云谣集杂曲子》，乃复显于人间；使吾人得以窥见唐代民间流行歌曲之真面，因而证知"令""慢"曲词，实同时发展于开元、天宝之世，可以解决词学史上之疑案不少。其书分归伦敦博物馆，及巴黎国家图书馆，近由归安朱氏（孝臧），合校为三十首足本；所用词调十三，除《内家娇》外，全见于《教坊记》；其词又多述征妇怨情，与盛唐诗人王昌龄辈所咨嗟咏叹之"闺怨"等作，题材极为相近；意必为开元、天宝间盛行之民间歌曲，由戍卒传往西陲者。其修辞极朴拙，少含蓄之趣，亦足为初期作品，技术未臻巧妙之证。例如《凤归云》：

　　　　绿窗独坐，修得君书。征衣裁缝了，远寄边虞。想得为君贪苦战，不惮崎岖。终朝沙碛里，已凭三尺，勇战奸愚（疑为"单

于"之误）。　岂知
红脸，泪滴如珠。枉把
金钗卜，卦卦皆虚。魂
梦天涯无暂歇，枕上长
嘘。待卿回故里，容颜
憔悴，彼此何如？

此类作品，在全集中所占成
分最多；余或述男女思慕
之情，或作一般娇艳之语，
大率皆普遍情感，为当时民
众所易了解之歌曲；特朴质
无华，故未见称道于文人
学士之口耳。

《敦煌零拾》

敦煌发现唐人写本小曲，除《云谣集》外，零篇断简，散佚尚多。
就其传入中土者，有上虞罗氏（振玉）《敦煌零拾》所收之《鱼歌子》
一首、《长相思》三首、《雀踏枝》二首，日本桥川醉轩所传之《杨柳枝》
一首、《鱼歌子》二首、《南歌子》一首，又缺曲名者一首；刘复《敦
煌掇琐》所收之《南歌子》一首，又缺曲名者一首；所用皆开元教坊
旧曲，题材亦多与《云谣集》相同；惟句度长短之差，与世传词调，
显有违异；转足为后来"因旧曲造新声"之佐证；而"词"之最初作品，
固原于民间流行之小曲也。其间最可怪者，罗本之《鱼歌子》，竟题
曰"上王次郎"，词云：

春雨微，香风少，帘外莺啼声声好。伴孤屏，微语笑。寂对

前庭悄悄。当初去向郎道：莫保青娥花容貌。恨惶交不归早，教妾思在烦恼。

似确出征妇手笔；如此无名女作家，不知埋没几许矣！又如《雀踏枝》：

巨耐灵鹊多满语，送喜何曾有凭据？几度飞来活捉取，锁上金笼休共语！比拟好心来送喜，谁知锁我在金笼里？欲他征夫早归来，腾身却放我向青云里。

设为少妇与灵鹊对语之辞，充分表现痴念征人情绪；民间歌曲，具见情真。又如桥川醉轩所传之《杨柳枝》：

春去春来春复春，寒暑来频。月生月尽月还新，又被老催人。只见庭前千岁月，长在常存。不见堂上百年人，尽总化为陈。

刘复所收之《南歌子》：

悔嫁风流婿，风流无准凭。攀花折柳得人憎。夜夜归来沉醉，千声唤不应。回觑帘前月，鸳鸯帐里灯，分明照见负心人。问道与须（此二字应有误）心事，摇头道不曾。

并与今所传《杨柳枝》《南歌子》"句度"全异，最足推求"词"体演变情形；其价值殆不在刘、白、温、韦诸家之下矣。

第四章　唐诗人对于令词之尝试

　　词中之"令曲"，盖出于尊前席上，歌以侑觞，临时倚曲制词，性质略同"酒令"。《全唐诗话》："中宗宴侍臣，酒酣，各命为《回波辞》。"据《乐府诗集》："《回波》，商调曲，唐中宗时造，盖出于曲水引流泛觞也；后亦为舞曲。"《回波》为六言四句体，近似《三台》；当时李景伯、沈佺期、裴谈等，皆曾于侍宴时为之，可想见令词命意之所在。诗人对于令词之尝试，较之"慢曲"为早，亦缘其体近"绝句"，且于宴饮时游戏出之，故易流行于士大夫间也。

　　开元、天宝间，为以绝句入曲之极盛时代；倚曲填词之风气，犹未大开。直至贞元以还，诗人始渐注意新兴乐曲，而从事于令词之尝试。韦应物、王建，并有《三台》《调笑》之作；《三台》六言四句，未脱"绝句"形式；《调笑》则纯粹后来长短句词体也。二家之词，并见《乐府诗集》。

沈佺期

兹各录一阕示例：

宫中调笑　韦应物

胡马胡马，远放燕支山下。咆沙咆雪独嘶，东望西望路迷。迷路迷路，边草无穷日暮。

宫中调笑　王建

团扇团扇，美人病来遮面。玉颜憔悴三年，谁复商量管弦？弦管弦管，春草昭阳路断。

戴叔伦（字幼公，金坛人）同时有作，风气渐开；刘禹锡、白居易继之，始特注意。禹锡《忆江南》题云"和乐天《春词》，依《忆江南》曲拍为句"（《刘梦得外集》四），则已明言依曲填词矣。其一阕云：

春去也！多谢洛城人。弱柳从风疑举袂，丛兰裛露似沾巾，独笑亦含颦。

居易亦作《忆江南》三阕，其一云：

江南好，风景旧曾谙。日出江花红胜火，春来江水绿如蓝，能不忆江南？

刘白并能接受民间文艺，所为《竹枝》《杨柳枝》《浪淘沙》诸曲，虽仍为七言绝句体，而已采用民歌音节及其风调。《忆江南》则直依"曲拍"为句，下开晚唐五代之风。词本出于"胡夷里巷之曲"，必至刘白诸人，始果于尝试者，非偶然也。

令词至晚唐，已如奇葩异卉之含苞待放；作者有唐昭宗、司空图、韩偓、皇甫松等，而温庭筠最为专家。《旧唐书·文苑传》称："庭筠士行尘杂，不修边幅，能逐弦吹之音，为侧艳之词。"孙光宪《北梦琐言》又言："温庭筠词有《金荃集》，盖取

温庭筠

其香而软也。"庭筠为诗，本工绮语，举胸中之丽藻，以就弦吹之音，遂为词坛开山作祖。向所谓"胡夷里巷之曲"，一经改造，镂金错采，悉以婉丽之笔出之，遂进登"大雅之堂"，开"花间"一派之盛。其代表作如《菩萨蛮》云：

小山重叠金明灭，鬓云欲度香腮雪。懒起画蛾眉，弄妆梳洗迟。照花前后镜，花面交相映。新贴绣罗襦，双双金鹧鸪。

刘熙载称"温词精妙绝人，然类不出乎绮怨"（《艺概》），如此类

之作是也。又如《梦江南》：

> 梳洗罢，独倚望江楼。过尽千帆皆不是，斜晖脉脉水悠悠，
> 肠断白蘋洲。

则气体清疏，饶有唱叹之音，不徒以金碧眩人眼目矣。

　　诗人尝试填词，至庭筠遂臻绝诣；运思益密，技巧益精。然其末流往往文浮于质，徒资王公大人以为笑乐，而不足以道里巷男女哀乐之情；此亦文学进展所必然，不必以相诟病也。

第五章　令词在西蜀之发展

　　唐末五代之乱，绵亘五六十年；惟西蜀南唐，克保偏安之局。蜀与三秦接壤，黄巢乱后，中原文士，多往归之。大诗人韦庄（字端己，杜陵人），两度入蜀，留佐王建，建国称尊，治号小康，得以余力从事于文艺。其后王衍及后蜀孟昶，并好音乐，工声曲，又沉醉于声色歌舞之场，朝野欢娱，造成风气。欧阳炯所谓"绮筵公子，绣幌佳人，递叶叶之花笺，文抽丽锦；举纤纤之玉指，拍按香檀"（《花间集序》）者，犹可想象当时蜀中歌乐之盛；而"诗客曲子词"，乃于此"天府之土"，发荣滋长，蔚为伟观。一代开山，端推韦氏。庄既挟歌词种子，移植西川，薛昭蕴、牛峤（字松卿，陇西人）、毛文锡（字平珪，南阳人）、牛希济（峤兄子）、欧阳炯（益州人）、顾夐、魏承班、鹿虔扆、阎选、

《花间集》

尹鹗（成都人）、毛熙震（蜀人）、李珣（字德润，梓州人）之徒，相继有作。《花间》一集，所收十八家词，除温庭筠、皇甫松、张泌、和凝、孙光宪外，余皆蜀人，或曾仕宦于前后蜀者也。

《花间》词派，首推温、韦二家。庭筠开风气之先，特工"香软"；赵崇祚取冠《花间集》，借见蜀中词学之渊源。庄承其风，格已稍变；由其身经黄巢之乱，转徙流离，后虽卜居成都，官至宰辅，而俯仰今昔，不能无慨于中；故其词笔清疏，情意凄怨。《古今词话》称："庄有宠人，资质艳丽，兼善词翰。建闻之，托以教内人为词，强夺去。庄追念悒怏，作《荷叶杯》《小重山》词。"其幽怨深情，又非庭筠之烂醉"狭邪"中者可比。其《小重山》云：

> 一闭昭阳春又春。夜寒宫漏永，梦君恩。卧思陈事暗销魂。罗衣湿，新揾旧啼痕。　　歌吹隔重阍。绕庭芳草绿，倚长门。万般惆怅向谁论？凝情立，宫殿欲黄昏。

《尧山堂外纪》称：此词"流传入宫，姬闻之，不食死"。韦词牵涉此事者甚多，故其情特浓挚；而意深语浅，善用白描。近人况周颐称其"尤能运密入疏，寓浓于淡"（《词林考鉴》稿本），其艺术之高在此。兹为举例如下：

浣溪沙

> 夜夜相思更漏残，伤心明月凭阑干，想君思我锦衾寒。
> 咫尺画堂深似海，忆来惟把旧书看，几时携手入长安？

思帝乡

　　春日游，杏花吹满头。陌上谁家年少足风流？妾拟将身嫁与一生休。纵被无情弃，不能羞。

　　西蜀词人，受温、韦二家影响，不免"分道扬镳"；大抵浓丽香软，专言儿女之情者，类从温出；其清疏绵远，时有感叹之音者，则韦相之流波，而皇甫松实其先导也。

　　《花间集》称松为"皇甫先辈"，松为湜子，疑其人或因避乱隐居蜀中。其词格极凄婉。例如《浪淘沙》：

　　滩头细草接疏林，浪恶罾船半欲沉。宿鹭眠鸥飞旧浦，去年沙嘴是江心！

　　承松遗绪，而感慨兴亡，开后来"怀古"一类之词者，则有薛昭蕴与鹿虔扆。昭蕴有《浣溪沙》：

　　倾国倾城恨有余，几多红泪泣姑苏，倚风凝睇雪肌肤。
吴主山河空落日，越王宫殿半平芜，藕花菱蔓满重湖。

虔扆有《临江仙》：

　　金锁重门荒苑静，绮窗愁对秋空。翠华一去寂无踪。玉楼歌吹，声断已随风。　　烟月不知人事改，夜阑还照深宫。藕花相向野塘中。暗伤亡国，清露泣香红。

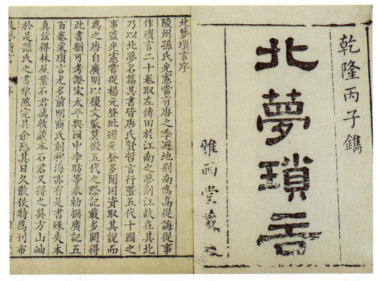

《北梦琐言》

孙光宪称：昭蕴"恃才傲物，好唱《浣溪沙词》"（《北梦琐言》）。倪瓒谓："鹿公抗志高节，偶尔寄情倚声，而曲折尽变，有无限感慨淋漓处。"（《古今词话》引）此在《花间集》中，又为别具面目者也。

《花间》多作艳词，而牛峤、牛希济、欧阳炯、顾敻，尤工此体。况周颐称：峤作《西溪子》《望江怨》诸阕，"繁弦促柱间，有劲气暗转，愈转愈深"（《餐樱庑词话》）。其尤妖艳之作，则有《菩萨蛮》：

> 玉楼冰簟鸳鸯锦，粉融香汗流山枕。帘外辘轳声，敛眉含笑惊。
> 柳阴烟漠漠，低鬓蝉钗落。须作一生拚，尽君今日欢。

结句与南唐后主之"奴为出来难，教郎恣意怜"，同其风致。希济为峤兄子，绰有家风。欧阳炯词"大抵婉约轻和，不欲强作愁思"（《蓉城集》）。至其《浣溪沙》：

相见休言有泪珠，酒阑重得叙欢娱，凤屏鸳枕宿金铺。

兰麝细香闻喘息，绮罗纤缕见肌肤，此时还恨薄情无？

况周颐谓："自有艳词以来，未有艳于此者。"（《蕙风词话》）然以上三家之造语，所受庭筠影响为多；顾敻喜用白描，乃与韦庄为近。例如《诉衷情》：

永夜抛人何处去？绝来音。香阁掩，眉敛月将沉。争忍不相寻？怨孤衾。换我心，为你心，始知相忆深。

西蜀词人，当以上述诸家，为最特色。至和凝（郓州人）历仕后唐、后晋、后周三朝，著有《红叶稿》；张泌（淮南人）为南唐内史，孙光宪（贵平人）官荆南；而词并为《花间集》所收，特为附著。三家以光宪著作最富，词亦清婉，的是雅人吐属。兹举《浣溪沙》一阕为例：

半踏长裾宛约行，晚帘疏处见分明，此时堪恨昧平生。

早是销魂残烛影，更愁闻著品弦声，杳无消息若为情。

令词至《花间》诸贤，发展已臻极诣。陆游称："斯时天下岌岌，士大夫乃流宕如此，或者出于无聊。"（《花间集跋》）在无聊之中，促进一种新兴文艺之发达，亦事之不可解者已。

第六章　令词在南唐之发展

　　南唐立国，近四十年；锦绣江山，免遭兵燹。中主李璟（字伯玉，徐州人），既擅文词；后主煜（字重光，璟第六子）继之，兼精音律，尝造《念家山》及《振金铃曲破》（《五国故事》）。其妻昭惠后周氏，"通书史，善歌舞，尤工琵琶"，尝制《邀醉舞破》（陆游《南唐书》）。后主夫妇，并工度曲。一时风气所趋，故倚声而作之歌词，在南唐遂益发展。虽作者不及西蜀之众，而开创之精神，或有过之。南唐词境界日高，时复充分表现作者之个性，非《花间》词派之所得牢笼也。

　　中主词传世不过四阕，而《摊破浣溪沙》二阕为最著。兹录其一云：

　　　　菡萏香销翠叶残，西风愁起绿波间。还与韶光共憔悴，不堪看。
　　　　细雨梦回鸡塞远，小楼吹彻玉笙寒。多少泪珠何限恨，倚阑干。

　　《江表志》称："元帝（即中主）割江之后，金陵对岸，即为敌境；因徙都豫章，每北顾忽忽不乐。"其词之哀婉，正见伤心人别有怀抱，南唐词格之高以此；固不仅如王国维所称："大有众芳芜秽，美人迟暮之感"（《人间词话》）而已也。

后主生于深宫之中，长于妇人之手，性仁爱而颇懦怯，在位十五年，保境安民，有小康之象，因得寄情声乐，极意歌词。其前期作品，类极风流艳丽。例如《菩萨蛮》：

李煜

　　花明月暗笼轻雾，今宵好向郎边去。划袜步香阶，手提金缕鞋。　　画堂南畔见，一晌偎人颤。奴为出来难，教郎恣意怜。

词为小周后作，极温柔狎昵之致。迨国亡归宋，日惟度其"眼泪洗面"之生活，而词格一变。王国维云"词至李后主，而眼界始大，感慨遂深"（《人间词话》），盖亦就后期作品言耳。兹录二阕如下：

相见欢

　　林花谢了春红，太匆匆。无奈朝来寒雨晚来风！　　胭脂泪，相留醉，几时重？自是人生长恨水长东！

浪淘沙

　　帘外雨潺潺，春意阑珊，罗衾不耐五更寒。梦里不知身是客，一晌贪欢。　　独自莫凭栏，无限江山，别时容易见时难。
流水落花春去也，天上人间。

读之但觉血泪模糊，不胜凄抑。盖后主以绝世才华，历尽人间可喜可
悲之境，两重身世，悬隔天渊；所受刺激愈深，其所流露于文词者，
乃尽为心头之血；此后主词之高绝，亦环境造成之也。

　　二主之外，有冯延巳（字正中，广陵人），足为南唐词坛生色。
延巳作词动机，由于"娱宾遣兴"。其甥陈世修尝序其《阳春集》云："公
以金陵盛时，内外无事，朋僚亲旧，或当燕集，多运藻思，为乐府新词，
俾歌者倚丝竹而歌之。"由此可知南唐之风尚，正同西蜀；而延巳所作，
思深辞丽，时有"忧生念乱"之嗟，殆亦身世使然欤？近人冯煦称其
"鼓吹南唐，上翼二主，下启欧晏，实正变之枢纽，短长之流别"（《唐
五代词选序》）。其影响北宋诸家，乃较《花间》为大。例如《鹊踏枝》：

　　烦恼韶光能几许？肠断魂销，看却春还去。只喜墙头灵鹊语，
不知青鸟全相误。　　心若垂杨千万缕。水阔华蜚，梦断巫山路。
满眼新愁无问处，珠帘锦帐相思否？

第七章　令词之极盛

令词自温庭筠之后，广播于西蜀、南唐，经数十年之发扬滋长，蔚为风气。至宋统一中国，定都汴梁，士大夫承五代之遗风，留意声乐，而令词益臻全盛。即席填词以付歌管，盖已视为文人"娱宾遣兴"必要之资矣。

宋初词接受南唐遗产。名家如晏氏父子（殊字同叔，几道字叔原，临川人）、欧阳修皆江西人。江西故南唐属地，中主曾一度迁都南昌，遗韵流风，必有存者。宋定江南，并收其乐以入汴京；歌词所依之声，亦遂相随以俱北。冯氏《阳春》一集，又为晏欧所宗；光大发扬，以成令词之全盛时代；盖亦多方面之关系，有以致之也。

宋初作者，有王禹偁（字元之，巨野人）、寇準（字平仲，华州下邽人）、钱惟演（字希圣，吴越王钱俶子）、范仲淹（字希文，吴县人）、潘阆（字逍遥，大名人）诸人，然皆偶一为之，未成专诣。其间惟范仲淹之《渔家傲》《苏幕遮》诸阕，苍凉悲壮，开后来豪放一派之先河；潘阆之《忆余杭》十首，风骨高峻，语带烟霞，自成别调。其直接南唐令词之系统者，则晏殊其首出者也。

殊官至宰相，极尽荣华，而所作小词，"风流蕴藉，一时莫及"（《碧鸡漫志》）。刘攽尝称："元献（殊）尤喜冯延巳歌词，其所自作，亦不减延巳。"（《中山诗话》）其代表作如《浣溪沙》：

> 一曲新词酒一杯，去年天气旧亭台，夕阳西下几时回？
> 无可奈何花落去，似曾相识燕归来，小园香径独徘徊。

一洗《花间》之秾艳，而千回百折，哀感无端，转于李后主为近，不仅为《阳春》法乳也。

晏殊

继晏殊而起，以令词名家者，为欧阳修。修为诗文，并宗韩愈，以"道统"自任；独游戏作小词，至为婉丽，与其诗格绝不相同。所为《六一词》，据陈振孙云："其间多有与《花间》《阳春》相混者；亦有鄙亵之语一二厕其中，当是仇人无名子所为也。"（《直斋书录解题》）欧词风格，本近《阳春》；世所传诵之《蝶恋花》，亦有传为延巳作者；惟"庭院深深"一阕，李易安酷爱其语（《词苑丛谈》），当为欧作无疑。全阕如下：

> 庭院深深深几许？杨柳堆烟，帘幕无重数。玉勒雕鞍游冶处，楼高不见章台路。　雨横风狂三月暮。门掩黄昏，无计留春住。泪眼问花花不语，乱红飞过秋千去。

修又尝为《采桑子》十一阕，以述西湖之胜；《渔家傲》十二阕，以纪十二月节令；以一曲重叠制词，联成一套；盖亦渐感令词之篇幅过隘，不足以资发抒矣。

北宋令词，发扬于晏殊、欧阳修，而极其致于晏几道。几道生长富贵家，壮乃落拓不偶，而又"赋性耿介，不践诸贵之门"（《碧鸡漫志》）；"磊隗权奇，疏于顾忌"（黄庭坚《小山词序》）；其前后生活状况之变化，足以养成其千回百折之词心。其自序《小山词》云："叔原往者浮沉酒中，病世之歌词，不足以析酲解愠；试读南部诸贤绪余，作五七字语，期以自娱；不独叙其所怀，兼写一时杯酒间闻见所同游者意中事。"其词多抒离合悲欢之感，而技术特高；黄庭坚称其"嬉弄于乐府之余，而寓以诗人之句法，清壮顿挫，能动摇人心；……可谓狭邪之大雅，豪士之鼓吹，其合者《高唐》《洛神》之流，其下者岂减《桃叶》《团扇》？"（《小山词序》）不为溢美矣。兹录二阕如下：

临江仙

梦后楼台高锁，酒醒帘幕低垂，去年春恨却来时。落花人独立，微雨燕双飞。　　记得小蘋初见，两重心字罗衣，琵琶弦上说相思。当时明月在，曾照彩云归。

生查子

坠雨已辞云，流水难归浦。遗恨几时休？心抵秋莲苦。忍泪不能歌，试托哀弦语。弦语愿相逢，知有相逢否？

《小山词》意格之高超，结构之精密，信为令词中之上乘；令词之发展，至此遂达最高峰；后有作者，不复能出其范围矣。

北宋初年，小令盛行于士大夫间，而教坊乐工，乃极意于慢曲；慢词日盛，而小令渐衰。欧晏当新旧递嬗之交，虽专精于小令，而渐用较长之调，以应歌者之需求。殊虽不曾道"针线慵拈伴伊坐"（《画墁录》引殊答柳永语），而所作《山亭柳》：

> 家住西秦，赌薄艺随身。花柳上，斗尖新。偶学念奴声调，有时高遏行云。蜀锦缠头无数，不负辛勤。　　数年来往咸京道，残杯冷炙谩销魂。衷肠事，托何人？若有知音见采，不辞遍唱《阳春》。一曲当筵落泪，重掩罗巾。

与其小令之含婉不露者，风致自殊；其为适应歌者之要求，可以想见。《六一词》中所有鄙亵之作，亦长调为多。意当时士大夫间，与倡楼酒馆，歌词需要，雅俗不同；修以游戏出之，不必悉为小人伪造也。

第八章　慢词之发展

　　慢曲之为文人注意，实始于柳永（字耆卿，初名三变，崇安人）。南宋吴曾云："词自南唐以来，但有小令。慢曲当起于宋仁宗朝，中原息兵，汴京繁庶，歌台舞席，竞赌新声。耆卿失意无俚，流连坊曲；遂尽收俚俗语言，编入词中，以便伎人传习。一时动听，散播四方。其后东坡、少游、山谷等相继有作，慢词遂盛。"（《能改斋漫录》）世之言词学者，遂以永为长调之"开山"，而《云谣集杂曲子》中，唐人已有长调；特皆出于民间之无名作者，恒为士大夫所鄙夷，必待永之"日与偎子纵游倡馆酒楼间，无复检约"（《艺苑雌黄》）者，始肯低首下心为之制作，故发展稍迟耳。

　　《宋史·乐志》称："宋初置教坊，得江南乐，已汰其坐部不用。自后因旧曲创新声，转加流丽。"柳词依此种新声而作，《乐章》一集，长调为多。叶梦得称："永为举子时，多游狭邪，善为歌词。教坊乐工，每得新腔，必求永为辞，始行于世。"（《避暑录话》）陈师道亦言："三变游东都南北二巷，作新乐府，骪骳从俗，天下咏之。"（《后山诗话》）永对慢词创作之多，盖应乐工歌妓之请；而扩张词体，遂为词坛别开广大法门；虽内容"大概非羁旅穷愁之词，则闺门淫媟之语"（《艺苑雌黄》），不足引以为病也。

柳词既多应歌之作，为迎合倡家心理，不得不杂以"俚俗语言"。黄昇称"耆卿长于纤艳之词"（《唐宋诸贤绝妙词选》），实出当时需要。例如《昼夜乐》之下阕：

> 洞房饮散帘帏静，拥香衾，欢心称。金炉麝炭青烟，凤帐烛摇红影。无限狂心乘酒兴，这欢娱渐入嘉景。犹自怨邻鸡，道秋宵不永。

此类作品，在《乐章集》中，占最多数；其流传之广，所谓"凡有井水处，必能歌柳词"（《避暑录话》）者，必为此类之作无疑。然柳词胜处，固不在此。其述羁旅行役之感，于"铺叙展衍"中，有纵横排宕之致，具见笔力。例如《戚氏》：

《乐章集》

晚秋天，一霎微雨洒庭轩。槛菊萧疏，井梧零乱惹残烟。凄然，望江关，飞云黯淡夕阳间。当时宋玉悲感，向此临水与登山。远道迢递，行人凄楚，倦听陇水潺湲。正蝉吟败叶，蛩响衰草，相应喧喧。　　孤馆，度日如年。风露渐变，悄悄至更阑。长天净、绛河清浅，皓月婵娟。思绵绵，夜永对景，那堪屈指，暗想从前。未名未禄，绮陌红楼，往往经岁迁延。　　帝里风光好，当年少日，暮宴朝欢。况有狂朋怪侣，遇当歌对酒竟留连。别来迅景如梭，旧游似梦，烟水程何限？念利名憔悴长萦绊，追往事、空惨愁颜。漏箭移、稍觉轻寒，渐鸣咽画角数声残。对间窗畔，停灯向晓，抱影无眠。

直将作者个性，及其生活状况，充分表现于字里行间。以二百十二字之歌词，兼写景、抒情、述事，颇似杜甫作歌行手段；其体势之开拓，实亦下启东坡；又不独《八声甘州》之"霜风凄紧，关河冷落，残照当楼"，为"不灭唐人高处"（《侯鲭录》引东坡说）而已。

与永并称而亦常作慢词者，有张先（字子野，乌程人）。晁无咎云："子野与耆卿齐名，而时以子野不及耆卿。然子野韵高，是耆卿所乏处。"（《词林纪事》引）先以《天仙子》一词负盛誉，宋祁至呼为"云破月来花弄影郎中"（《古今词话》）。所作慢词，质与量皆远不及永之丰富；然其人极为苏轼所推重，谓："子野诗笔老妙，歌词乃其余波耳。"（《张子野词跋》）陈师道称："张子野老于杭，多为官伎作词。"（《后山诗话》）是其词亦多应歌之作，与永同为依新声而创制。其长调以《谢池春慢》为最著，题为"玉仙观道中逢谢媚卿"云：

缭墙重院，时闻有啼莺到。绣被掩余寒，画幕明新晓。朱槛连空阔，飞絮知多少？径莎平，池水渺。日长风静，花影闲相照。

尘香拂马，逢谢女城南道。秀艳过施粉，多媚生轻笑。斗色鲜衣薄，碾玉双蝉小。欢难偶，春过了。琵琶流怨，都入相思调。

此外长调尚有《山亭宴慢》《卜算子慢》《喜朝天》《破阵乐》《倾杯》《熙州慢》等十数阕，大抵皆清代周济所谓"只是偏才，无大起落"（《介存斋论词杂著》）者也。

《宋史·乐志》以"慢曲"与"急曲"对举，而后世悉以词中之长调为慢词，推张、柳二家，为创作慢词之祖。然长调是否悉为"慢曲"，尚有疑问；特慢词之创作，在文人则张、柳实开风气之先，要为不可掩之事实耳。

第九章　词体之解放

自柳永多作慢词，恢张词体，疆域日广，其所容纳之资料，遂亦日见丰富。惟在永为应教坊乐工之要求，倚曲制词，势必求谐音律，不能无所拘制；且为迎合群众心理，不得不侧重于儿女之情，"骪骳从俗"，以取悦于当世；而体势既经拓展，曲调又极流行，高尚文人，亦多娴习；乃有感于此种新兴体制之可以应用无方，而仅言儿女私情，不足以餍知识阶级之欲望；于是内容之扩大，相挟促进词体，以入于解放之途；而苏轼以横放杰出之才，遂为词坛别开宗派；此词学史上之剧变，亦即词体所以能历久常新之故也。

胡寅尝称："词曲者古乐府之末造；然文章豪放之士，鲜不寄意于此者，随亦自扫其迹，曰浪谑游戏而已。柳耆卿后出，掩众制而尽其妙，好之者以为不可复加。及眉山苏氏，一洗绮罗香泽之态，摆脱绸缪宛转之度，使人登高望远，举首高歌，而逸怀浩气，超然乎尘垢之外；于是《花间》为皂隶，而柳氏为舆台矣。"（《酒边词序》）以严肃态度填词，而提高词在文学上之地位，一洗士大夫卑视词体之心理，实自轼发之。王灼云："东坡先生，非心醉于音律者；偶尔作歌，指出向上一路，新天下耳目，弄笔者始知自振。"（《碧鸡漫志》）

苏轼

可谓深知苏词价值之所在者矣。

轼以才情学问为词，晁补之所谓"横放杰出，自是曲子内缚不住者"。由是而伤今怀古，说理谈禅，并得以词表之，体用遂益宏大。《东坡词》全部风格，王鹏运以"清雄"二字当之（说详《词林考鉴》）；然亦随年龄环境为转移，大约以中年官徐州，及谪贬黄州数年中所作为最胜。例如：

永遇乐

明月如霜，好风如水，清景无限。曲港跳鱼，圆荷泻露，寂寞无人见。纨如三鼓，铿然一叶，黯黯梦云惊断。夜茫茫，重寻无处，觉来小园行遍。　　天涯倦客，山中归路，望断故园心眼。燕子楼空，佳人何在，空锁楼中燕。古今如梦，何曾梦觉，但有旧欢新怨。异时对，黄楼夜景，为余浩叹。（徐州作）

临江仙

夜饮东坡醒复醉，归来仿佛三更。家童鼻息已雷鸣。敲门都不应，倚杖听江声。　　长恨此身非我有，何时忘却营营？夜阑风静縠纹平。小舟从此逝，江海寄余生。（黄州作）

以及《洞仙歌》"冰肌玉骨"，《念奴娇》"大江东去"，《卜算子》

"缺月挂疏桐"诸阕，皆此一时期作品也。

　　自轼解放词体，而作者个性，始充分表现于词中；其特征则调外有题，不必全谐音律。闻轼风而起者，有黄庭坚、晁补之、叶梦得（字少蕴，吴县人）、向子𬤊（字伯恭，临江人）、陈与义、辛弃疾（字幼安，历城人）诸人。元好问称："坡以来，山谷、晁无咎、陈去非、辛幼安诸公，俱以歌词取称，吟咏情性，留连光景，清壮顿挫，能起人妙思；亦有语意拙直，不自缘饰，因病成妍者，皆自坡发之。"（《遗山文集·新轩乐府序》）辛为南宋大家，后当别论；叶、向、陈虽入南渡，而词派纯出东坡；近人朱孝臧尝称："学东坡得真髓者，惟叶少蕴一人。"兹并黄晁二家，附述于下：

　　黄晁二家，皆东坡门下士。王灼称："晁无咎、黄鲁直皆学东坡，韵制得七八；黄晚年（案当作早年）闲放于狭邪，故有少疏荡处。"（《碧鸡漫志》）黄与秦观并称"秦七黄九"（《后山诗话》），而作风迥不相同。庭坚少作多艳词，且杂方言俚语，实于柳永为近；晚年始步趋苏氏，间以禅理入词；又如隐括《醉翁亭记》为《瑞鹤仙》，叶韵处全用"也"字，下开南宋稼轩一派诡异之风。补之尝言："鲁直间作小词固高妙，然不是当行家语，自是著腔子唱好诗。"（《直斋书录解题》引）亦就其作

黄庭坚

品之近东坡者言也。兹举《鹧鸪天》（答史应之）一阕为例：

> 黄菊枝头生晓寒，人生莫放酒杯干。风前横笛斜吹雨，醉里簪花倒著冠。　　身健在，且加餐，舞裙歌板尽清欢。黄花白发相牵挽，付与时人冷眼看。

补之词坦易之怀，磊落之气，确是东坡"法乳"。近人冯煦谓："无咎无子瞻之高华，而沉咽则过之。"（《宋六十一家词选序例》）其作品最为世所称诵者，无过《摸鱼儿》"东皋寓居"一阕：

> 买陂塘、旋栽杨柳，依稀淮岸江浦。东皋嘉雨新痕涨，沙觜鹭来鸥聚。堪爱处，最好是、一川夜月光流渚。无人独舞。任翠幕张天，柔茵藉地，酒尽未能去。　　青绫被、莫忆金闺故步，儒冠曾把身误。弓刀千骑成何事？荒了邵平瓜圃。君试觑，满青镜星星，鬓影今如许！功名浪语。便似得班超，封侯万里，归计恐迟暮。

波澜壮阔，下启稼轩。晁、辛皆山东人，同具豪放之气，而补之继往开来之功，为不可没矣。

梦得为绍圣四年进士，宜亦及见东坡。关注序其《石林词》，谓："晚岁落其华而实之，能于简淡时出雄杰，合处不减靖节东坡之妙，岂近世乐府之流？"其代表作如《水调歌头》：

> 霜降碧天净，秋事促西风。寒声隐地，初听中夜入梧桐。起瞰高城四顾，寥落关河千里，一醉与君同。叠鼓闹清晓，飞骑引

雕弓。 岁将晚,客争笑,问衰翁:平生豪气安在?走马为谁雄?何似当筵虎士,挥手弦声响处,双雁落遥空。老矣真堪惜,回首望云中。

在东坡以前,填词者类为娱宾遣兴,应用之途至狭。至东坡乃悍然不顾一切,借其体而解纵之,以建立"诗人之词"。同时如陈师道,尝讥"子瞻以诗为词,如教坊雷大使之舞,虽极天下之工,要非本色"(《后山诗话》);而王安石《桂枝香》一曲,则颇引东坡为同调。安石非专力于词者,不足以壮阵容;东坡特自行其是,别开疆域;亦恃其才名足以凌驾当时豪俊,故能尝试成功耳。既得黄晁二家,为之辅翼,梦得更延一线;下逮南宋,向子𧩙以理学名臣,陈与义以一代诗家,助其张目;遂蔚成风气,广被于南北各方矣。

第十章　正宗词派之建立

　　自苏轼与柳永分道扬镳，而词家遂有"别派""当行"之目；后来更分"婉约""豪放"二派，而认"婉约"者为正宗。李清照论词，谓："别是一家，知之者少。后晏叔原、贺方回、秦少游、黄鲁直出，始能知之。又晏苦无铺叙，贺苦少典重；秦则专主情致而少故实，譬如贫家美女，非不妍丽而终乏富贵；黄即尚故实而多疵病，如良玉有瑕，价自减半。"（《苕溪渔隐丛话》引）此论词者所以有"当行"之说也。又其讥柳永则曰"虽协音律，而词语尘下"；对晏殊、欧阳修、苏轼则曰"皆句读不葺之诗尔，又往往不协音律"。由此以言，则所谓正宗派，必须全协音律，而又不可"词语尘下"；此秦、贺诸家之所以为"当行"也。晏、黄业见前章；其建立正宗词派者，当自秦、贺二家始，而周邦彦实集其成。

　　秦观（字少游，扬州高邮人）少豪隽，慷慨溢于文词（《宋史·文苑传》），而其词特以"婉约"称，初亦颇受柳永影响。叶梦得云："少游亦善为乐府，语工而入律，知乐者谓之作家；元丰间，盛行于淮楚。苏子瞻于四学士中，最善少游；故他文未尝不极口称善，岂特乐府？然犹以气格为病；故尝戏云：'山抹微云秦学士，露华倒影柳屯田。''露华倒影'，柳永《破阵乐》语也。"（《避暑录话》）秦词应歌之作，有近似柳、黄二家者；而其出色当行，情景交炼处，则多深婉不迫之趣，迥绝时流。例如《八六子》：

秦观

倚危亭，恨如芳草，萋萋划尽还生。念柳外青骢别后，水边红袂分时，怆然暗惊。 无端天与娉婷，夜月一帘幽梦，春风十里柔情。怎奈向、欢娱渐随流水，素弦声断，翠绡香减，那堪片片飞花弄晚，蒙蒙残雨笼晴。正销凝，黄鹂又啼数声。

伤离念远之情，描写达于圣境。迨坐党籍，谪贬南迁，词格遂由温婉而入于凄咽。例如《阮郎归》（郴州作）：

湘天风雨破寒初，深沉庭院虚。丽谯吹罢《小单于》，迢迢清夜徂。 乡梦断，旅魂孤，峥嵘岁又除。衡阳犹有雁传书，郴阳和雁无！

纯为哀婉之音。其在衡阳作《千秋岁》一词，尤为苏、黄所激赏。要之观以环境关系，晚年稍变作风；而其衣被词人，则仍在以"婉约"为正宗派"开山作祖"也。

贺铸（字方回，山阴人）喜剧谈天下事，可否不略少假借，人以为近侠。然博学强记，工语言，深婉丽密，如比组绣；尤长于度曲；掇拾人所遗弃，少加隐括，皆为新奇。尝言："吾笔端驱使李商隐、温庭筠，当奔命不暇。"（叶梦得《建康集·贺铸传》）张耒序其《东山乐序》云："余友贺方回，博学业文，而乐府之词，高绝一世；携一编示余，大抵倚声而为之词，皆可歌也。"铸以《青玉案》"梅子黄时雨"一语负盛名，时谓之"贺梅子"。王灼以铸与周邦彦并称，谓："贺《六州歌头》《望湘人》《吴音子》诸曲，周《大酺》《兰陵王》诸曲最奇崛。"（《碧鸡漫志》）铸词有以"奇崛"胜者，然以近于"婉约"一派者为多；特以健笔写柔情，又与秦观异趣耳。例如《伴云来》（即《天香》）：

> 烟络横林，山沉远照，逦迤黄昏钟鼓。烛映帘栊，蛩催机杼，共苦清秋风露。不眠思妇，齐声和几声砧杵。惊动天涯倦宦，骎骎岁华行暮。　　当年酒狂自负，谓东君以春相付。流浪征骖北道，客樯南浦，幽恨无人晤语。赖明月曾知旧游处，好伴云来，还将梦去。

其小令于二晏之外，又别具风格，时近南朝乐府。例如《陌上郎》（即《生查子》）：

> 西津海鹘舟，径度沧江雨。双橹本无情，鸦轧如人语。
> 挥金陌上郎，化石山头妇。何物系君心？三岁扶床女。

周邦彦（字美成，自号清真居士，钱塘人）以献《汴都赋》知名。

徽宗置大晟乐府，命邦彦作提举官，而制撰官又有万俟咏（字雅言，自号大梁词隐）等，相与"讨论古音，审定古调。沦落之后，少得存者；由是八十四调之声稍传；而美成诸人，又复增演慢曲、引、近，或移宫换羽，为三犯、四犯之曲，按月律为之，其曲遂繁"（张炎《词源》）。《宋史》亦称："邦彦好音乐，能自度曲。"（《文苑传》）其词以健笔写柔情，承贺氏之风而发扬光大之，更多创调。近人王国维谓："读其词者犹觉拗怒之中，自饶和婉；曼声促节，繁会相宜；清浊抑扬，辘轳交往；两宋之间，一人而已。"（《清真先生遗事》）音律与词情兼美，清真实集词学之大成，宜后世之奉为正宗也。其代表作如《六丑》"蔷薇谢后作"：

> 正单衣试酒，怅客里光阴虚掷。愿春暂留，春归如过翼，一去无迹。为问家何在？夜来风雨，葬楚宫倾国。钗钿堕处遗香泽。乱点桃蹊，经翻柳陌，多情更谁追惜？但蜂媒蝶使，时叩窗隔。
>
> 东园岑寂，渐蒙笼暗碧。静绕珍丛底，成叹息。长条故惹行客，似牵衣待话，别情无极。残英小，强簪巾帻。终不似，一朵钗头颤袅，向人欹侧。漂流处，莫趁潮汐。恐断红尚有相思字，何由见得？

千回百折，令人玩味无穷；法度谨严，尤足示人矩矱。沈伯时谓："作词当以清真为主。盖清真最为知音，且无一点市井气；下字运意，皆有法度，往往自唐宋诸贤诗句中来，而不用经史中生硬字面。"（《乐府指迷》）所谓正宗词派之标准如此，此《清真词》之所以为当行出色者欤？

词家所谓"当行"之作，除上述三家外，其在北宋，尚有赵令畤（字德麟，宋宗室）、晁端礼（字次膺，其先澶州清丰人，徙家彭门）、

李之仪

李之仪（字端叔，沧州无棣人）、毛滂（字泽民，衢州人）之徒，并以词著称一时，风格与秦、周一派为近。令時作《商调蝶恋花》十首，咏《会真记》事，开后来歌剧之风。端礼以《鸭头绿》一词负盛名，作风殊清婉；其人曾官大晟府协律，又作《黄河清慢》，"伟男髫女，皆争唱之"（《铁围山丛谈》）。之仪《姑溪》一集，风调在《片玉》《漱玉》之间（毛晋说）；其《卜算子》词，直是古乐府俊语，又与贺铸为近。其词如下：

　　我住长江头，君住长江尾。日日思君不见君，共饮长江水。
　　此水几时休？此恨何时已？只愿君心似我心，定不负相思意。

毛滂以《惜分飞》词著名，其结句云："今夜山深处，断魂分付潮来去。"周辉所称"语尽而意不尽，意尽而情不尽"者是也。自赵令時以下四家，皆与东坡或其门人往还至密；而词格则绝不受东坡影响；知当时所重，固在"当行"作家矣。

　　收北宋"当行"词家之局，而以"婉约"著称者，为女词人李清照（号易安居士，济南人，格非女，诸城赵明诚妻）。张端义极称其《声声慢》词，连下十四叠字，谓为"公孙大娘舞剑器手"（《贵耳集》）。

近人沈曾植又谓："易安跌宕昭彰，气调极类少游，刻挚且兼山谷。"
(《菌阁琐谈》)要其当行本色，固秦、贺之流亚也。兹录《浣溪沙》
一阕为例：

　　髻子伤春懒更梳，晚风庭院落梅初。淡云来往月疏疏。
　　玉鸭熏炉闲瑞脑，朱樱斗帐掩流苏，通犀还解辟寒无？

第十一章　民族词人之兴起

　　自金兵南侵，二帝北狩，汴京歌舞，散为云烟，大晟遗声，同归歇绝；而一时富于民族思想之士，愤"金瓯"之乍缺，伤"左衽"之堪羞，莫不慷慨激昂，各抱收复失地之雄心，借抒"直捣黄龙"之蓄念；而高宗误信谗佞，不惜靦颜事仇，逼处临安，以度其"小朝廷"生活；坐令士气消阻，一蹶而不可复兴。志士仁人，内蔽于国贼，外迫于强寇，满腔忠愤，无所发抒；于是乃借"横放杰出"之歌词，以一泄其抑塞磊落不平之气，悲歌当哭，郁勃苍凉。自南渡以迄于宋亡，此一系之作者，绵绵不绝；此词体解放后之产物，为民族生色不少也。

　　南渡初期作家，如张元幹（字仲宗，长乐人）、张孝祥（字安国，历阳乌江人）、韩元吉（字无咎，许昌人）、辛弃疾（字幼安，号稼轩，历城人）、陆游、陈亮（字同甫，婺州永康人）、刘过（字改之，号龙洲道人，吉州太和人）之伦，并有关怀家国，表现民族精神之作品，而辛弃疾为之魁。其在当时名将，则岳飞（字鹏举，相州汤阴人）之《满江红》一阕，最为世所传诵，亦稼轩一派之先声也。其词如下：

　　　　怒发冲冠，凭阑处、潇潇雨歇。抬望眼、仰天长啸，壮怀激烈。三十功名尘与土，八千里路云和月。莫等闲，白了少年头，空悲切。　靖康耻，犹未雪。臣子憾，何时灭？驾长车踏破，贺兰山缺。壮志饥餐胡虏肉，笑谈渴饮匈奴血。待从头、收拾旧山河，朝天阙。

弃疾年二十三，决策南向，屡官至湖南安抚使，炼飞虎营，慨然以恢复中原为己任（事详《宋史》本传）；性豪爽，尚气节，识拔英俊。既阻于邪议，志不克伸，乃一发之于词。刘辰翁称其"横竖烂漫，乃如禅宗棒喝，头头皆是；又如悲箾万鼓"。又谓："斯人北来，喑呜鸷悍，欲何为者？而谗摈销沮，白发

岳飞

横生，亦如刘越石陷绝失望，花时中酒，托之陶写，淋漓慷慨，此意何可复道？"（《须溪集·稼轩词序》）稼轩词之精神所寄，即在其

悲壮襟怀，充分表现于长短句中。刘克庄称："公所作大声镗鞳，小声铿鍧，横绝六合，扫空万古。"（《后村诗话》）其晚年退居江西之作，虽力求闲淡，且以"明白如话"出之；而"老骥伏枥，壮心未已"，一种郁勃苍莽之气，犹跃然楮墨间。其代表作如《摸鱼儿》"淳熙己亥，自湖北漕移湖南，同官王正之置酒小山亭为赋"：

> 更能消、几番风雨？匆匆春又归去！惜春长怕花开早，何况落红无数？春且住，见说道、天涯芳草无归路。怨春不语。算只有殷勤，画帘蛛网，尽日惹飞絮。　　长门事，准拟佳期又误！蛾眉曾有人妒。千金纵买相如赋，脉脉此情谁诉？君莫舞，君不见、玉环飞燕皆尘土。闲愁最苦。休去倚危阑，斜阳正在，烟柳断肠处！

张元幹以送胡邦衡（铨）、李伯纪（纲）词获罪。其送胡《贺新郎》，有"梦绕神州路，怅秋风连营鼓角，故宫离黍，底事昆仑倾砥柱？九地黄流乱注，聚万落千村狐兔"之语；其感时忧国之怀抱，可于弦外得之。

张孝祥词骏发踔厉，寓以诗人句法。其在建康留守席上所赋《六州歌头》一曲，尤为慷慨激昂；今日读之，尚有余痛。移录如下：

> 长淮望断，关塞莽然平。征尘暗，霜风劲，悄边声，黯销凝。追想当年事，殆天数，非人力，洙泗上，弦歌地，亦膻腥。隔水毡乡，落日牛羊下，区脱纵横。看名王宵猎，骑火一川明，笳鼓悲鸣，遣人惊。　　念腰间箭，匣中剑，空埃蠹，竟何成？时易失，心徒壮，岁将零。渺神京，干羽方怀远，静烽燧，且休兵。冠盖使，纷驰骛，若为情。闻道中原遗老，常南望翠葆霓旌。使行人到此，

忠愤气填膺，有泪如倾。

韩元吉、陈亮、刘过并与稼轩交游，引为同调；词格虽远不逮辛氏，要亦具有壮烈怀抱者也。陆游号称"爱国诗人"，间作小词，声情激壮。例如《夜游宫》：

刘过

雪晓清笳乱起，梦游处，不知何地？铁骑无声望似水。想关河，雁门西，青海际。　　睡觉寒灯里，漏声断，月斜窗纸。自许封侯在万里。有谁知？鬓虽残，心未死。

南宋偏安既久，故老凋零，悲壮之音，渐见销歇。逮乎末季，复有刘克庄（字潜夫，号后村，莆田人）、刘辰翁（字会孟，卢陵人）二大家，皆醉心于稼轩者。克庄词于豪迈中具有家国之感，足予销沉放任之士习以极大教训。例如《玉楼春》"戏林推"：

年年跃马长安市，客舍似家家似寄。青钱换酒日无何，红烛呼卢宵不寐。　　易挑锦妇机中字，难得玉人心下事。男儿西北有神州，莫滴水西桥畔泪。

辰翁身经亡国之痛，寄其悲愤于"倚声"。其《摸鱼儿》"酒边留同年徐云屋"词，有"东风似旧，问前度桃花，刘郎能记，花复认郎否？"之句；湖山易主，血泪同流；视稼轩之"烟柳斜阳"，同其哀怨。近人况周颐谓："《须溪词》多真率语，满心而发，不假追琢，有掉臂游行之乐。其词笔多用中锋，风格遒上，略与稼轩旗鼓相当。"（《餐樱庑词话》）辛、刘词格略同，特刘多亡国哀思之音耳。

南宋民族词人，除上述诸家外，如朱敦儒（字希真，洛阳人）《相见欢》之"中原乱，簪缨散，几时收？试倩悲风吹泪过扬州"；刘仙伦（字叔儗，庐陵人）《念奴娇》之"勿谓时平无事也，便以言兵为讳，眼底关河，楼头鼓角，都是英雄泪"；陈经国（潮州人）《沁园春》之"平戎策就，虎豹当关，渠自无谋，事犹可做，更剔残灯抽剑看"；方岳（字巨山，号秋崖，祁门人）《水调歌头》之"莫倚阑干北，天际是神州"；李演（字广翁，号秋堂）《贺新郎》之"落落东南墙一角，谁护河山万里？"（以上参考陈廷焯《白雨斋词话》）文天祥（字宋瑞，号文山，吉安人）《大江东去》之"铜雀春情，金人秋泪，此恨凭谁雪？"凡兹所列，无不悲愤苍凉，饶有激壮之音，足见人心未死。此在词家为"别派"，而生气凛然；谁谓词体脱离音乐，即失其活动性哉？

第十二章 南宋词之典雅化

清代朱彝尊论词，谓："至南宋始极其工，至宋季而始极其变。"（《词综发凡》）又言："词莫善于姜夔；宗之者张辑、卢祖皋、史达祖、吴文英、蒋捷、王沂孙、张炎、周密、陈允平、张翥、杨基，皆具夔之一体。"（《黑蝶斋词序》）张翥、杨基为元、明人，余并为南宋之所谓正统词派，而以"醇雅"为归者也。

宋室南渡，大晟遗谱莫传；于是音律之讲求，与歌曲之传习，不属之乐工歌妓，而属之文人与贵族所蓄之家姬；向之歌词为雅俗所共获听者，至此乃为贵族文人之特殊阶级所独享；故于辞句务崇典雅，音律益究精微；此南宋词之所以为"深"，而与北宋殊其归趣者也。

南宋偏安之局既定，士习苟安，时或放意声歌，借以"乱思遗老"。是时临安方面，则有张镃（字功甫，号约斋，俊孙）极声伎之盛；《浩然斋雅谈》曾记陆游会饮于镃之南湖园，酒酣，主人出小姬新桃者歌自制曲以侑尊。苏州方面，则有范成大，亦家蓄声伎。《砚北杂志》称："尧章（姜夔）制《暗香》《疏影》两曲，公（成大）使二妓肄习之，音节清婉。尧章归吴兴，公寻以小红赠之。"张、范二家，以园亭声伎，驰誉苏、杭，一时名士大夫，竞相趋附。《紫桃轩杂缀》又称："功甫豪侈而有清尚，尝来吾郡海盐，作园亭自恣，令歌儿衍曲，务为新声，所谓海盐腔也。"南宋声曲产生之地，既属私家，其人又儒雅风流，故宜与教坊乐工异其好尚。姜、张词派之归于"醇雅"，此其重大原因也。

姜夔

姜夔（字尧章，自号白石道人，鄱阳人）生于饶，长于沔，流寓于湖，往来于苏、杭之间，与镃、成大并为文字友。张羽称其"通阴阳律吕，古今南北乐部；凡管弦杂调，皆能以词谱其音"（《白石道人传》）。夔亦自言："予颇喜自制曲；初率意为长短句，然后协以律，故前后阕多不同。"（《长亭怨慢》）夔以词家兼精音律，特多创调；其音节之谐婉，与词笔之清空，视北宋秦、周诸家，又自别辟境界。张炎论词主"清空"，谓"清空则古雅峭拔"；又称："白石词如《暗香》《疏影》《扬州慢》《一萼红》《琵琶仙》《探春》《八归》《淡黄柳》等曲，不惟清空，又且骚雅，读之使人神观飞越。"兹录《扬州慢》一阕如下：

淮左名都，竹西佳处，解鞍少驻初程。过春风十里，尽荠麦青青。自胡马窥江去后，废池乔木，犹厌言兵。渐黄昏、清角吹寒，都在空城。　　杜郎俊赏，算而今重到须惊。纵豆蔻词工，青楼梦好，难赋深情。二十四桥仍在，波心荡、冷月无声。念桥边红药，年年知为谁生？

此词洵可以"清空骚雅"四字当之。至《暗香》《疏影》二阕，最为世所称道；而多用故实，反令人莫测其旨意所在；此吾国文人之惯技，亦过崇典雅者之通病也。

汪森为《词综》作序，谓："鄱阳姜夔出，句琢字炼，归于醇雅；于是史达祖、高观国羽翼之。"达祖（字邦卿，汴人）惟工咏物，别详下章。张炎以观国（字宾王，山阴人）与姜、史及吴文英（字君特，号梦窗，四明人）并称，谓其"格调不凡，句法挺异，俱能特立清新之意，删削靡曼之词，自成一家"（《词源》）。张辑（字宗瑞，号东泽，鄱阳人）、卢祖皋（字申之，号蒲江，永嘉人），虽与白石同调，而无甚独到处；卢较真力弥满耳。典雅词派之中坚人物，不得不推吴文英。

与文英同时之尹焕（字惟晓，号梅津，山阴人），即极推重吴词，谓："求词于吾宋，前有清真，后有梦窗，此非焕之言，天下之公言也。"（《绝妙好词笺》）而张炎则持反对之说，谓："词要清空，不要质实；质实则凝涩晦昧。吴梦窗词，如七宝楼台，眩人眼目，碎拆下来，不成片段。"（《词源》）梦窗之于白石，虽境界不同，而风气所趋，并崇典雅；词家之典雅派，亦至梦窗始正式建立。沈义父述其曾与梦窗讲论作词之法，而为之说云："音律欲其协，不协则成长短之诗；下字欲其雅，不雅则近乎缠令之体；用字不可太露，露则直突而无深长之味；发意不可太高，高则狂怪而失柔婉之意。"（《乐府指迷》）

此南宋典雅词派之最高标准也。义父又言："梦窗深得清真之妙，其失在用事下语太晦处，人不可晓。"（《乐府指迷》）后之论吴词者，毁誉参半；要其造语奇丽，而能以疏宕沉着之笔出之；其虚实兼到之作，诚有如周济所称："奇思壮采，腾天潜渊"（《宋四家词选序论》）者；亦岂容以其有过晦涩处，而一概抹杀之也？兹录《八声甘州》"灵岩陪庾幕诸公游"一阕为例：

> 渺空烟四远，是何年青天坠长星？幻苍崖云树，名娃金屋，残霸宫城。箭径酸风射眼，腻水染花腥。时靸双鸳响，廊叶秋声。
>
> 宫里吴王沉醉，倩五湖倦客，独钓醒醒。问苍波无语，华发奈山青。水涵空、阑干高处，送乱鸦斜日落渔汀。连呼酒、上琴台去，秋与云平。

吴文英后，惟王沂孙（字圣与，号碧山，又号中仙，会稽人）词格最高；然亦偏工咏物，后当别论。蒋捷（字胜欲，号竹山，宜兴人）词"洗炼缜密，语多创获"（刘熙载《艺概》）；其"思力沉透处，可以起懦"（周济说）。陈允平（字君衡，四明人）词学周邦彦，有《西麓继周集》，不失雅正之音。二家亦典雅派之"附庸"也。

周密（字公谨，号草窗，济南人，流寓吴兴）、张炎（字叔夏，号玉田，又号乐笑翁，俊五世孙，家临安）为南宋典雅词派之后劲。二人并经亡国之痛，时有哀怨之音。密著作甚富，或与吴文英合称"二窗"。周济称其词"敲金戛玉，嚼雪盥花，新妙无与为匹"（《介存斋论词杂著》）；又谓："草窗最近梦窗；但梦窗思沉力厚，草窗则貌合耳。若其镂新斗冶，固自绝伦。"（《宋四家词选》）兹录《曲游春》一阕如下：

禁苑东风外，扬暖丝晴絮，春思如织。燕约莺期，恼芳情偏在，深翠红隙。漠漠香尘隔，沸十里乱弦丛笛。看画船尽入西泠，闲却半湖春色。　　　柳陌，新烟凝碧。映帘底宫眉，堤上游勒。轻暝笼寒，怕梨云梦冷，杏香愁幂。歌管酬寒食，奈蝶怨良宵岑寂。正满湖碎月摇花，怎生去得？

张炎为词学专家，所著《词源》，论律吕宫调与作词之法甚备。其父枢（字斗南，号寄闲老人）晓畅音律。炎承家学，作词持律甚严；尝称："先人每作一词，必使歌者按之，稍有不协，随即改正。"（《词源》）又极称杨缵（字继翁，号守斋，又号紫霞翁，严陵人）"精于琴，故深知音律，一字不苟作"。炎受其父及杨氏之熏陶，乃极

《词源》

端主张"词以协音为先"，至不惜牺牲词意以就音谱；又特注重句法、字面；近人胡适遂有"词匠"之讥（《词选序》）。然其论词，主"清空骚雅"，为典雅派作之矩矱，其影响于词苑者至深。其自为词，则仇远所谓"意度超玄，律吕协洽，不特可写音檀口，亦可被歌管，荐清庙；方之古人，当与白石老仙相鼓吹"（《山中白云词跋》）者；可想见其风格。兹录《高阳台》"西湖春感"一阕如下：

接叶巢莺，平波卷絮，断桥斜日归船。能几番游？看花又是

明年。东风且伴蔷薇住,到蔷薇春已堪怜。更凄然,万绿西泠,一抹荒烟。　　当年燕子知何处?但苔深韦曲,草暗斜川。见说新愁,如今也到鸥边。无心再续笙歌梦,掩重门浅醉闲眠。莫开帘,怕见飞花,怕听啼鹃。

第十三章　南宋咏物词之特盛

词家之咏物，或"因寄所托"，借抒身世之感；或"侔色揣称"，略等"有声之画"。其在北宋，作者偶一为之；如苏轼《水龙吟》之咏杨花，晁补之《盐角儿》之咏梅，其尤著者也。

周济云："北宋有无谓之词以应歌，南宋有无谓之词以应社。"（《介存斋论词杂著》）结合词人为社，以斗靡争奇，较短长于一字一句之间，斯咏物之作尚焉。南宋词人，湖山燕衎；又往往有达官豪户，如范成大、张镃之流，资以声色之娱，务为文酒之会；于是以填词为点缀，而技术益精；其初不过文人阶级，聊以"遣兴娱宾"；相习成风，促进咏物词之发展；其极则家国兴亡之感，亦以咏物出之，有合于诗人比兴之义；未可以"玩物丧志"，同类而非笑之也。

陆游以《卜算子》咏梅，其下半阕云："无意苦争春，一任群芳妒。零落成泥碾作尘，只有香如故。"极见作者之高尚人格，而游非咏物专家也。张镃、姜夔出，咏物之作渐繁。姜作《暗香》《疏影》之咏梅，《齐天乐》之咏蟋蟀，或谓其寄慨于靖康北狩之耻；镃作《满庭芳》之咏蟋蟀，则绘影绘声，极"侔色揣称"之能事。移录如次：

月洗高梧，露浥幽草，宝钗楼外秋深。土花沿翠，萤火坠墙阴。静听寒声断续，微韵转、凄咽悲沉。争求侣，殷勤劝织，促破晓机心。

儿时曾记得，呼灯灌穴，敛步随音。任满身花影，犹自追寻。携向华堂戏斗，亭台小、笼巧妆金。今休说，从渠床下，凉夜伴孤吟。

元代钱选《花鸟草虫图》之蟋蟀

史达祖于镃为晚辈，乃专以咏物名家，极为镃所称赏，谓："生之作，辞情俱到，织绡泉底，去尘眼中，妥帖轻圆，特其余事；有瑰奇警迈清新闲婉之长，而无诡荡污淫之失。"（《梅溪词序》）夔亦称其"奇秀清逸，盖能融情景于一家，会句意于两得"（《词林纪事》）。史词描摹物态，信极工巧；特无甚寄托耳。代表作如《双双燕》"咏燕"：

过春社了，度帘幕中间，去年尘冷。差池欲住，试入旧巢相并。还相雕梁藻井，又软语商量不定。飘然快拂花梢，翠尾分开红影。

芳径，芹泥雨润。爱贴地争飞，竞夸轻俊。红楼归晚，看足柳昏花暝。应自栖香正稳，便忘了天涯芳信。愁损翠黛双蛾，日日画阑独凭。

集咏物词之大成，而能提高斯体之地位者，厥惟王沂孙氏。周济称其词"餍心切理，言近旨远"（《宋四家词选》）。又谓："中仙最多故国之感，故着力不多，地分高绝，所谓意能尊体也。"（《论词杂著》）代表作如《齐天乐》"咏蝉"：

> 一襟余恨宫魂断，年年翠阴庭树。乍咽凉柯，还移暗叶，重把离愁深诉。西窗过雨。怪瑶珮流空，玉筝调柱。镜暗妆残，为谁娇鬓尚如许？　铜仙铅泪似洗。叹移盘去远，难贮零露。病翼惊秋，枯形阅世，消得斜阳几度？余音更苦。甚独抱清商，顿成凄楚？谩想薰风，柳丝千万缕。

吴文英、周密、张炎诸家，皆兼工咏物，而文英尤沉着密丽；南宋词人之"匠心独运"处，率以咏物之作为多也。兹录文英《宴清都》"连理海棠"一阕，以见咏物词之轨范：

> 绣幄鸳鸯柱，红情密、腻云低护秦树。芳根兼倚，花梢钿合，锦屏人妒。东风睡足交枝，正梦枕、瑶钗燕股。障滟蜡、满照欢丛，嫠蟾冷落羞度。　人间万感幽单，华清惯浴，春盎风露。连鬟并暖，同心共结，向承恩处。凭谁为歌长恨？暗殿锁、秋灯夜语。叙旧期、不负春盟，红朝翠暮。

此外宋末应社之词，今尚存《乐府补题》一卷。计作者有王沂孙、周密、王易简、冯应瑞、唐艺孙、吕同老、李彭老、李居仁、陈恕可、唐珏、赵汝钠、张炎、仇远等十四人，佚名者一人。其题：一为《天香》"宛委山房拟赋龙涎香"，二为《水龙吟》"浮翠山房拟赋白莲"，三为《摸鱼儿》"紫云山房拟赋莼",四为《齐天乐》"余闲书院拟赋蝉",五为《桂枝香》"天柱山房拟赋蟹";而宛委为陈恕可别号,紫云为吕同老别号,天柱为王易简别号;以此知社集由诸人轮流作主,寓"以文会友"之意;而以咏物词聊抒亡国之哀思,异乎临安盛日之专以描摹物态为能事者矣。

第十四章　豪放词派在金朝之发展

金与南宋，时代相同。自吴激（字彦高，米芾婿）诸人，由南入北，而东坡之学，遂相挟以俱来；其"横放杰出"之词风，亦深合北人之性格；发扬滋长，以造成金源一代之词。辛弃疾更由北而南，为南宋开豪放一派之风气；其移植之因缘，不可忽也。

近人况周颐论宋、金词人之得失云："南宋佳词能浑至，金源佳词近刚方。宋词深致能入骨，如清真、梦窗是；金词清劲能树骨，如萧闲（蔡松年）、遁庵（段克己）是。南人得江山之秀，北人以冰霜为清。南或失之绮靡，近于雕文刻镂之技；北或失之荒率，无解深裘大马之讥。"（《蕙风词话》）南北词风之不同如此，虽由地域之关系，而两派种子之各为传播，亦其重大原因也。

金词略备于元好问所辑之《中州乐府》。初期作者，以吴激与蔡松年（字伯坚，自号萧闲老人）为最知名。好问谓："百年以来，乐府推伯坚与吴彦高，号吴蔡体。"（《中州集》）吴词苍凉激楚，时有故国之思。《中州集》载其北迁后，为故宫人赋《人月圆》词，足见其词格之一斑；移录如下：

南朝千古伤心地，犹唱《后庭花》。旧时王谢，堂前燕子，飞向谁家？　恍然一梦，仙肌胜雪，宫髻堆雅。江州司马，青衫泪湿，同是天涯！

松年两和东坡《念奴娇》"赤壁怀古"词，风格亦极相近。好问称："此歌以'《离骚》痛饮'为首句，公乐府中最得意者。"（《中州乐府》）录之如下：

《离骚》痛饮，问人生佳处，能消何物？江左诸人成底事？空想岩岩青壁。五亩苍烟，一坯寒玉，岁晚忧风雪。西州扶病，至今悲感前杰。　我梦卜筑萧闲，觉来岩桂，十里幽香发。魂磊胸中冰与炭，一酹春风都灭。胜日神交，悠然得意，离恨无毫发。古今同致，永和徒记年月。

《中州乐府》

党怀英（字世杰，奉符人）师亳社刘昂老；济南辛幼安其同舍生也（《中州集》）；时称"辛党"。二家词并有骨干，辛凝劲而党疏秀，南北分镳，照映一时。其《青玉案》云："痛饮休辞今夕永，与君洗尽，满襟烦暑，别作高寒境。"以松秀之笔，达清劲之气，倚声家精诣也（用况周颐说）。

在《中州乐府》中，尚有

王庭筠（字子端，熊岳人）、完颜璹（字子瑜，封密国公）、赵秉文（字周臣，号闲闲，滏阳人）、李献能（字钦叔，河中人），皆一时之杰出者；而献能意境尤高绝，不亚于稼轩。录《浣溪沙》"河中环胜楼感怀"一阕：

　　垂柳阴阴水拍堤，欲穷远目望还迷，平芜尽处暮天低。

　　万里中原犹北顾，十年长路却西归，倚楼怀抱有谁知？

　　此外段氏兄弟（克己字复之，成己字诚之，稷山人），同有词名，风格在吴、蔡之间；克己真挚而成己俊逸；宜赵秉文有"二妙"之目也。

　　收金词之局，而冠绝诸家者，为元好问。张炎称："遗山词深于用事，精于炼句，风流蕴藉处，不减周、秦。"（《词林纪事》）然其所慕惟在东坡；徒以"丝竹中年，遭遇国变，卒以抗节不仕，憔悴南冠，二十余稔；神州陆沉之痛，铜驼荆棘之伤，往往寄托于词"（《蕙风词话》）。故其词"极往复低徊掩抑零乱之致，有骨干，有气象"（况周颐说），置之苏、辛间，真堪"鼎足"；信宋、金词苑之殿军也。兹录小令、长调各一阕：

鹧鸪天

　　只近浮名不近情，且看不饮更何成？三杯渐觉纷华近，一斗都浇魂磊平。　　醒复醉，醉还醒，灵均憔悴可怜生。《离骚》读杀浑无味，好个诗家阮步兵。

水龙吟　从商帅国器猎于南阳，同仲泽、鼎玉赋此

　　少年射虎名豪，等闲赤羽千夫膳。金铃锦领，平原千骑，星

流电转。路断飞潜，雾随腾沸，长围高卷。看川空谷静，旌旗动色，得意似、平生战。　　城月迢迢鼓角，夜如何？军中高宴。江淮草木，中原狐兔，先声自远。盖世韩彭，可能只办，寻常鹰犬。问元戎早晚，鸣鞭径去，解天山箭。

第十五章 南北小令套曲之兴起

自南宋歌词之法式微，而南北曲先后继起。唐宋以来，有大曲，有转踏，且歌且舞，渐具戏剧之形式。至金元而有院本，有诸宫调，以次演化为杂剧，为传奇，有科白，兼歌舞，俨然成为舞台剧；此当入于《中国戏曲史》，非本编之所可范围也。

明王骥德推论南北曲之起源，以为中国乐歌，自古即分南北（详《曲律·总论南北曲》）。而今之所谓北曲，实始于金，至元而极盛。南曲始于何时，未有定说。据祝允明《猥谈》云："南戏出于宣和之后，南渡之际，谓之温州杂剧。"（《续说郭》）其所用曲调，出于唐宋词者为多，其渊源可考也。南曲至明代而大行。迨魏良辅创昆腔，而北曲遂废。明康海论南北曲之流变云："古曲与诗同。自乐府作，诗与曲始歧而二矣，其实诗之变也。宋元以来，益变益异，遂有南词北曲之分。然南词主激越，其变也为流丽；北曲主慷慨，其变也为朴实；惟朴实，故声有矩度而难借；惟流丽，故唱得宛转而易调；此二者，词曲之定分也。"（《沜东乐府序》）南北曲以渊源之殊致，与音乐上之不同，其差别如此。

元明以来之小令、散套，并依南北曲之声而作。小令、散套，统名"散曲"，又名"乐府"，别称"清唱"；而散套亦称"套数"，又名"大令"；

小令别有"叶儿"之目；实皆清唱之曲，特体制长短微别耳。小令只用一曲，与宋词略同。套数则合一宫调中诸曲为一套，与杂剧之一折略同（王国维说）。魏良辅云："清唱俗语谓之冷板凳；不比戏借锣鼓之势，全要闲雅整肃，清俊温润。"（《曲律》）清李斗亦云："清唱以笙、笛、鼓、板、三弦为场面。"（《扬州画舫录》）清唱有时摘取杂剧、传奇中之一段，省其宾白用之；而散曲之本无场面可言者，恰为清唱中最主要之资料。其唱而不演，场面清静，亦与宋人歌词之借以"娱宾遣兴"者，约略相同。此歌唱方面，词曲之性质相近者也。

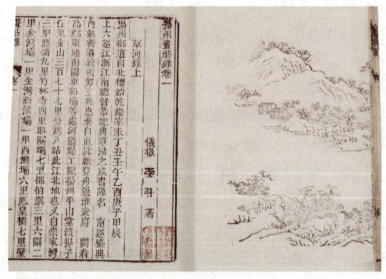

《扬州画舫录》

王骥德云："套数之曲，元人谓之乐府；与古之辞赋，今之时义，同一机轴。有起、有止、有开、有阖，须先定下间架，立下主意，排下曲调，然后遣句，然后成章。切忌凑插，切忌将就；务如常山之蛇，首尾相应；又如鲛人之锦，不著一丝纰颣。意新语俊，字响调圆，增减一调不得，颠倒一调不得。有规、有矩、有色、有声，众美具矣，而其妙处政不在声调之中，而在字句之外。又须烟波渺漫，姿态横逸，揽之不得，挹之不尽。"（《曲律·论套数》）又云："作小令与五七言绝句同法，要酝藉，要无衬字，要言简而趣味无穷。"（《论小令》）此散曲结构上所应注意者也。

骥德又云："散曲绝难佳者。北词载《太平乐府》《雍熙乐府》《词林摘艳》，小令及长套，多有妙绝可喜者。"（《曲律·杂论》）今三书并存。《太平乐府》为杨朝英（号澹斋，青城人）所编，全为元曲。《雍熙乐府》《词林摘艳》，同出于明嘉靖间，兼收元、明诸家作品，而《雍熙乐府》搜罗尤富；特不标作者姓氏，为一大缺点耳。此外元人选元曲之传世者，尚有杨朝英之《阳春白雪》，无名氏之《乐府群玉》《乐府新声》。由上六书，可以窥见元代及明初散曲流行之盛；而《阳春白雪》首录宋、金人词十首，题为"大乐"，以别于元人之小令、套数；《词林摘艳》，亦间采赵令畤、欧阳修、康与之诸家小词；意此为宋词歌谱之仅存于元、明二代者；而词与散曲之关系，与其源流盛衰之由，亦较然可睹矣。

第十六章 元人散曲之豪放派

散曲之于元代，亦犹两宋之词，作者既多，传唱尤盛。兹略依近人任讷说，分"豪放""清丽"两派述之：

元曲以豪放为主，一方固由音乐关系，一方则受苏辛词派之影响。金、元皆起自北方，而苏辛词派，大行于北。后虽词变为曲，而递衍之际，涂辙可循。元虞集尝云："辛幼安自北而南，元裕之在金末国初，虽词多慷慨，而音节则为中州之正，学者取之。我朝混一以来，朔南暨声教，士大夫歌咏，必求正声，凡所制作，皆足以鸣国家气化之盛。自是北乐府出，一洗东南习俗之陋。"（《中原音韵序》）北曲通协平仄韵，声情慷慨，变而为朴实，以本色语为多。贯

虞集

云石为杨朝英序《阳春白雪》云："盖士尝云：'东坡之后，便到稼轩。'兹评甚矣。然而北来徐子芳滑雅，杨西庵平熟，已有知者。近代疏斋媚妩，如仙女寻春，自然笑傲；冯海粟豪辣灏烂，不断古今，心事又与疏翁不可同舌共谈。关汉卿、庚吉甫，造语妖娇，适如少美临杯，使人不忍对殢。"窥贯氏之意，固以"豪辣灏烂"一派为正宗；而"媚妩妖娇"，于元曲中又别为清丽一派；此元人散曲派别之约略可言者也。

杨西庵（名果，字正卿，蒲阴人）与元好问友善，为金末元初人。《阳春白雪》载其《赏花时》十套，其小令则与好问所作，同见《太平乐府》中。疑散曲即起于金源，入元而后，其流始畅耳。录西庵《赏花时》一套：

　　春夜深沉庭院幽，偷访吹箫鸾凤友。良月过南楼，昨宵许俺，今夜结绸缪。〔么〕两处相思一样愁，及至相逢却害羞。只是性儿柔，百般哀告，腼腆不抬头。〔煞尾〕你温柔，咱清秀，本是一对儿风流配偶。咫尺相逢说上手，紧推辞不肯承头。又不敢久迟留，只怕你母追求，料想伊家不自由。空耽着闷忧，虚陪了消息，不承望刚做了个口儿休。

如此柔媚本色语，而云石以"平熟"讥之，则元人散曲，必尚豪辣可知矣。

元人豪放一派，盛称冯子振（字海粟，号怪怪道人，攸州人）、滕玉霄二人。贯云石（畏吾人，父名贯只哥，遂以贯为氏，自名小云石海涯，又号酸斋）与徐再思（字德可，嘉兴人，好食甘饴，故号甜斋）齐名，合称《酸甜乐府》；而酸斋散曲，如天马脱羁，以豪放胜。他如白朴（字仁甫，真定人）、马致远（号东篱，大都人）、刘致（字时中，号逋斋，洪都人）、汪元亨（号云林）、马九皋（字昂夫），皆属于豪放一派;而马致远其尤著者也。

致远兼工杂剧,与关汉卿(大都人)、郑光祖(字德辉,平阳襄阳[1]人)、白朴,合称四大家。所作散曲至多;除专家乔吉、张可久外,流传篇什,无出其右者。其中以《秋思》一套为尤著,周德清评为一代散曲之冠,谓"万中无一"(《中原音韵》)。移录如下:

〔双调夜行船〕百岁光阴如梦蝶,重回首往事堪嗟!昨日春来,今朝花谢,急罚盏夜阑灯灭。〔乔木查〕秦宫汉阙,做衰草牛羊野,不恁渔樵无话说。纵荒坟,横断碑,不辨龙蛇。〔庆宣和〕投至狐踪与兔穴,多少豪杰,鼎足三分半腰折,魏耶晋耶?〔落梅风〕天教富,不待奢,无多时好天良夜。看钱奴硬将心似铁,空辜负锦堂风月。〔风入松〕眼前红日又西斜,疾似下坡车。晓来清镜添白雪,上床和鞋履相别。蛞巢计拙,葫芦提一就妆呆。〔拨不断〕利名竭,是非绝,红尘不向门前惹,绿树偏宜屋角遮,青山正补墙东缺,竹篱茅舍。〔离亭宴煞〕蛩吟一觉统宁贴,鸡鸣万事无休歇,争名利何年是彻?密匝匝蚁排兵,乱纷纷蜂酿蜜,闹穰穰蝇争血。裴公绿野堂,陶令白莲社。爱秋来那些,和露摘黄花,带霜烹紫蟹,煮酒烧红叶。人生有限杯,几个登高节?嘱付俺顽童记者:便北海探吾来,道东篱醉了也。

白朴生金末,依元好问以长,擅长杂剧,兼工词曲。其散曲流传,较致远不及三分之一。涵虚子(即宁王权)称其"风骨磊魂,词源滂沛,若大鹏之起北溟,奋翼凌乎九霄,有一举万里之志"(《太和正音谱》)。

---

[1] 应为"襄陵"。——编者注

录《庆东原》一段：

> 忘忧草，含笑花，劝君闻早冠宜挂。那里也能言陆贾？那里也良谋子牙？那里也豪气张华？千古是非心，一夕渔樵话。

白朴

冯子振和白无咎《鹦鹉曲》（俗名《黑漆弩》）至三十六段之多；于声韵束缚中，别出奇险，想见笔力，不愧"豪辣灏烂"之评。录《感事》一段：

> 江湖难比山林住，种果父胜刺船父。看春花又看秋花，不管颠风狂雨。〔么〕尽人间白浪滔天，我自醉歌眠去。到中流手脚忙时，则靠着柴扉深处。

滕玉霄有《普天乐》十四段，见《乐府新声》。涵虚子称其词，如"碧汉闲云"，亦多豪壮之笔。录《归去来兮》一段：

> 朔风寒，彤云密。雪花飞处，落尽江梅。快意杯，蒙头被，一枕无何安然睡。叹邙山坏墓折碑，狐狼满眼，英雄袖手，归去来兮！

贯云石序《阳春白雪》，有"西山朝来有爽气"一语；其论曲固主豪爽一路，作风亦近马东篱；涵虚子所以有"天马脱羁"之评也。录《殿前欢》一段：

> 畅幽哉！春风无处不楼台。一时怀抱俱无奈，总对天开。就渊明归去来，怕鹤怨山禽怪。问甚功名在？酸斋笑我，我笑酸斋。

刘致小令见《乐府群玉》及《太平乐府》。《阳春白雪》录其《代马诉冤》一套，多激昂悲愤之音。移录如下：

> 〔双调新水令〕世无伯乐怨他谁？干送了挽盐车骐骥！空怀伏枥心，徒负化龙威，索甚伤悲？用之行，舍之弃。〔驻马听〕玉鬣银蹄，再谁想三月襄阳绿草齐？雕鞍金辔，再谁敢一鞭行色夕阳低？花间不听紫骝嘶，帐前空叹乌骓逝！命乖我自知，眼见的千金骏骨无人贵！〔雁儿落〕谁知我汗血功？谁想我垂缰义？谁怜我千里才？谁识我千钧力？〔得胜令〕谁念我当日跳檀溪救先主出重围？谁念我单刀会随着关羽？谁念我美良川扶持敬德？若论着今日，索输与这驴群队。果必有征敌，这驴每怎用的？〔甜水令〕为这等乍富儿曹，无知小辈，一概地把人欺。一地里快寽轻踮，乱走胡奔，紧先行不识尊卑。〔折桂令〕致令得官府闻知，验数目存留，分官品高低。准备着竹杖芒鞋，免不得奔走驱驰。再不敢鞭骏骑向街头闹起，只索扭蛮腰将足下挟及。为此辈无知，将我连累，把我埋没在蓬蒿，失陷污泥！〔尾〕有一等逞雄心屠户贪微利，咽馋涎豪客思佳味，一地把性命亏图，百般地将刑法陵持，唱道任意欺公，全无道理。从今后谁买谁骑？眼见得无客

贩无人喂，便休说站驿难为，只怕你东征西讨那时节悔。

汪元亨、马九皋俱工小令，散套传作甚稀。二人风格俱近豪放一派，而九皋尤胜。录九皋《塞鸿秋》"凌敲台[1]怀古"一段：

> 凌敲台畔黄山铺，是三千歌舞无家处！望夫山下乌江渡，教八千子弟思乡去。江东日暮云，渭北春天树，青山太白坟如故。

《阳春白雪》

张养浩（字希孟，济南人）为《云庄休居自适小乐府》，多恬退之言，艾俊序所谓"和而不流"者。然其《山坡羊》怀古诸篇，亦殊豪壮，与九皋风格相仿。录《潼关怀古》一段：

> 峰峦如聚，波涛如怒，山河表里潼关路。望西都，意踟蹰，伤心秦汉经行处，宫阙万间都做了土！兴、百姓苦！亡、百姓苦！

---

[1] 应为"凌歊台"，下同。——编者注

元人豪放一派作家，略如上述。其所以豪放之故，盖其所依之曲，本"辽、金、北鄙杀伐之音，壮伟很戾，武夫马上之歌，流入中原"（徐渭《南词叙录》）者，文学恒随音乐为转移，其关系殊不可忽也。

第十七章 元人散曲之清丽派

自贯云石标举卢疏斋（名挚，字处道，一字莘老，涿郡人）之媚妩，与关汉卿、庾吉甫（名天锡，大都人）之妖娇，而散曲别有清丽一派。后人乃推乔吉（字孟符，号笙鹤翁，太原人）、张可久（字小山，庆元人）为此派代表。明李开先云："乐府之有乔、张，犹诗家之有李、杜。"（《千顷堂书目》引）清朱彝尊、厉鹗、刘熙载辈，皆无异辞。熙载称："张小山、乔梦符，为曲家翘楚。小山极长于小令。梦符虽颇作杂剧、散套，亦以小令为最长。两家固同一骚雅，不落俳语；惟张尤翛然独远耳。"（《艺概》）乔、张皆久居杭州，疑颇受南宋姜、张词派之影响。清许光治云："至元曲几谓俚言俳语矣，然张小山、乔梦符散曲，犹有前人规矩在；俪辞追乐府之工，散句撷宋唐之秀；惟套曲则似涪翁俳词，不足鼓吹风雅。"（《江山风月谱散曲自序》）俚言俳语，原为元曲之本色；至乔、张而风气一变，遂以"骚雅"为归；与卢、关诸家之"妖媚妖娇"者，又自歧为二派。以卢、关为奇丽，乔、张为雅丽，庶几近之耳。

关汉卿以杂剧擅胜场，其散套亦常有奇丽之作；而以《不伏老》一套为尤著。录其煞尾一段：

《艺概》

　　我却是蒸不烂、煮不熟、捶不匾、炒不爆、响当当一粒铜豌豆，子弟每谁教你钻入他锄不断、斫不下、解不开、顿不脱、慢腾腾千层锦套头？我玩的是梁园月，饮的是东京酒，赏的是洛阳花，扳的是章台柳。我也会吟诗，会篆籀，会弹丝，会品竹。我也会唱《鹧鸪》，舞《垂手》。会打围，会蹴鞠，会围棋，会双陆。你便是落了我牙，歪了我口，瘸了我腿，折了我手，天与我这几般儿歹症候，尚兀自不肯休。只除是阎王亲令唤，神鬼自来钩，三魂归地府，七魄丧冥幽，那其间才不向这烟花路儿上走。

　　卢挚专工小令，风格有骚雅近乔、张者。酸斋所谓"仙女寻春，自然笑傲"之作，则仍以用本色语者为多。录《寿阳曲》"别珠帘秀"一段：

才欢悦，早间别，痛煞煞好难割舍！画船儿载将春去也，空留下半江明月！

庾天锡亦工杂剧，散曲见杨氏二选本中。贯氏所称"适如少美临杯，使人不能对殢"之作，殊不可见，则元曲之散佚者多矣！

徐再思与贯云石之《酸甜乐府》，恰成两派。近人任讷云："酸则近于豪放，甜则近于清丽；而二人言情之作，尖透圆浑处，则莫辨酸甜，俱臻妙味。"（《新辑酸甜乐府提要》）再思仅有小令流传。录《水仙子》一段：

一声梧叶一声秋，一点芭蕉一点愁，三更归梦三更后。落灯花棋未收，叹新丰孤馆人留！枕上十年事，江南二老忧，都到心头。

乔吉兼作杂剧，特工小令，传世有《惺惺道人乐府》《文湖州集词》二种。其套数散见各选本，作品不多。明李开先曾序其集云："评其词者，以为若天吴跨神鳌，噀沫于大洋，波涛汹涌，有截断众流之势。"（《艺概》引）清厉鹗亦称其"出奇而不失之于怪，用俗而不失之为文"（《散曲概论》引）。吉能以俗为雅，以自成其清丽，其境或有为可久所不及者。吉北人，而久居钱塘山水之窟，于作品风格，不无相当影响。录小令二段：

水仙子　咏雪

冷无香柳絮扑将来，冻成片梨花拂不开。大灰泥漫不了三千界。银棱了东大海，探梅的心禁难挨。面瓮儿里袁安舍，盐罐儿里党尉宅，粉缸儿里舞榭歌台。

殿前欢　登江山第一楼

拍阑干，雾花吹鬓海风寒，浩歌惊得浮云散。细数青山，指蓬莱一望间。纱巾岸、鹤背骑来惯。举头长啸，直上天坛。

张可久传作之多，冠于元代。旧有《小山北曲联乐府》，内分《今乐府》《苏堤渔唱》《吴盐》《新乐府》四种。涵虚子称可久为"词林宗匠"，谓："其词清而且丽，华而不艳，有不吃烟火食气；真可谓不羁之材；若被太华之仙风，招蓬莱之海月。"（《太和正音谱》）李开先又称："小山词瘦至骨立，血肉销化俱尽，乃炼成万转金铁躯。"（《艺概》引）可久为散曲专家，不传杂剧。其小令雅丽超逸，迈绝辈流；而散套"长天落彩霞"一曲，沈德符以与马东篱"百岁光阴"并列；谓"为一时绝唱，其余皆不及也"（《顾曲杂言》）。题为《湖上晚归》，见《太平乐府》，未入本集。移录如下：

《太和正音谱》

〔南吕一枝花〕长天落彩霞，远水涵秋镜。花如人面红，山似佛头青。生色围屏，翠冷松云径，嫣然眉黛横。但携将旖旎浓香，何必赋横斜瘦影？〔梁州〕挽玉手留连锦裀，据胡床指点银瓶，素娥不嫁伤孤另。想当年小小，问何处卿卿？东坡才调，西子婷婷，总相宜千古留名。吾二人此地私行，六一泉亭上诗成，三五夜花前月明，十四弦指下风生。可憎，多情，捧红牙合和《伊州令》。万籁寂，四山静，幽咽泉流水下声，鹤怨猿惊。〔尾〕岩阿禅窟鸣金磬，波底龙宫漾水精。夜气清，酒力醒，宝篆销，玉漏鸣。笑归来仿佛二更，煞强似踏雪寻梅灞桥冷。

小山小令，固以雅丽见长；在全集中，约占十之七八。豪放之作，亦时有之。读之如入宝山，殆有无处不工之感！其雅丽之作，可以下列二段为例：

清江引　春思

黄莺乱啼门外柳，雨细清明后。几消几日春？又是相思瘦。梨花小窗人病酒。

一半儿　秋日宫词

花边娇月静妆楼，叶底沧波冷翠沟，池上好风闲御舟。可怜秋！一半儿芙蓉，一半儿柳。

二段皆言简而趣味无穷，太似唐人绝句。至其豪放之作，亦激壮苍凉，不亚他家。例如下列二段：

红绣鞋　天台瀑布寺

绝顶峰攒雪剑，悬崖水挂冰帘，倚树哀猿弄云尖。血华啼杜宇，阴洞吼飞廉。比人心山未险！

满庭芳　客中九日

　　乾坤俯仰，贤愚醉醒，今古兴亡！剑花寒夜坐归心壮。又是他乡！九日明朝酒香，一年好景橙黄龙山上，西风树响，吹老鬓毛霜。

　　可久开元人雅丽一派之宗。同时作者，除徐再思外，尚有任昱（字则明，四明人）、曹明善、李致远之流，皆其同派。曹、李履贯无考，作品并见元人诸选本；而任昱为最富，致远风调最佳。录致远《天净沙》"春闺"一段：

　　画楼徙倚阑干，粉云吹做修鬟，璧月低悬玉湾。落花懒慢，罗衣特地春寒。

第十八章 元代散曲作家之盛

　　明宁王权列乐府十五体，有"丹丘""宗匠""黄冠""承安""盛元""江东""西江""东吴""淮南""玉堂""草堂""楚江""香奁""骚人""俳优"之目。又列元代作家一百八十七人，多加题品（详《太和正音谱》）；可想见一代人才之盛。大抵诗人墨客多致力于小令，杂剧家则兼长套数，亦由其体格各有所近故也。

　　除上述二大派之外，小令作家，有刘秉忠、元好问、王鼎（字和卿，大都人）、盍西村、胡祗遹（字少凯，号紫山，武安人）、姚燧（字端甫，号牧庵，柳城人）、周文质（字仲彬，其先建德人，后居杭州）、赵善庆（字文贤，饶州乐平人）、高克礼（字敬德，一字敬臣，河间人）、钟嗣成（字继先，号丑斋，大梁人）、刘庭信（俗呼黑刘五）、周德清（号挺斋，高安人）、邓玉宾、查德卿、吴西逸、孙周卿（古邠人）、王元鼎、阿鲁威（字叔重，号东泉，蒙古人）、赵显宏（号学村）、景元启、赵祐（字天锡、汴梁人）诸人，作品皆散见各选本；而钟嗣成著《录鬼簿》，详纪一代曲家，足为研究元曲者之重要资料；周德清著《中原音韵》，分韵为十九部，派入声入平、上、去三声，足为后来倚曲填词者之准则；此又于元代曲学，最为有功者也。

《中原音韵》

杨氏二选所收散套，多至六七十家。其人或擅长杂剧，或兼工小令，如关、马、郑、白四大家，及乔吉、贯云石、李致远、周文质、张可久、钟嗣成、周德清、庾天锡之流，其尤著者也。余若朱庭玉、曾瑞（字瑞卿，自号褐夫，大兴人）、睢景臣（字景贤，维扬人）三人，多传散套。嗣成《录鬼簿》于曾、睢二氏，纪载尤详；合当补述。

瑞卿自北来南，喜江浙人才之多，羡钱塘景物之盛，因而家焉（《录鬼簿》）。所为套数，见《太平乐府》者至十二套，冠于各家。景臣自维扬至杭州，酖嗜音律，以《汉祖还乡》一套负重名，亦滑稽，亦本色，洵杰作也。移录如下：

〔哨遍〕社长排门告示：但有的差使无推故，这差使不寻俗。一壁厢纳草也根，一边又要差夫索应付。又言是车驾，都说是銮舆，今日还乡故。王乡老执定瓦台盘，赵忙郎抱着酒葫芦。新刷来的头巾，恰绷来的绸衫，畅好是妆么大户。〔耍孩儿〕瞎王留引定火乔男女，胡踢蹬吹笛擂鼓。见一彪人马到庄门，匹头里几面旗舒。一面旗白胡阑套住个迎霜兔，一面旗红曲连打着个毕月乌，一面旗鸡学舞，一面旗狗生双翅，一面旗蛇缠葫芦。〔五煞〕红漆了又银铮了斧，甜瓜苦瓜黄金镀。明晃晃马镫枪尖上挑，白雪雪鹅毛上扇铺。这几个乔人物，拿着些不曾见的器仗，穿着些大作怪衣服。〔四〕辕条上都是马，套顶上不见驴，黄罗伞柄天生曲。车前八个天曹判，车后若干递送夫。更几个多娇女，一般穿着，一样妆梳。〔三〕那大汉下的车，众人施礼数。那大汉觑得人如无物。众乡老屈脚舒腰拜，那大汉挪身着手扶。猛可里抬头觑，觑多时，认得熟，气破我胸脯。〔二〕你须身姓刘，你妻须姓吕，把你两家儿根脚从头数。你本身做亭长，耽几盏酒。你丈人教村学，读几卷书。曾在俺庄东住，也曾与我喂牛切草，拽坝扶锄。〔一〕春采了桑，冬借了俺粟，零支了米麦无重数。换田契强秤了麻三秤，还酒债偷量了豆几斛。有甚胡突处？明标着册历，见放着文书。〔尾〕少我的钱，差发内旋拨还；欠我的粟，税粮中私准除。只道刘三，谁肯把你揪捽住？白甚么改了姓，更了名，唤做汉高祖？

元人散曲，略具于上述诸家。以其曲本"北鄙"之音，故当行之作，多用俚言俗语；而描摹物态口吻，渐近自然，视宋词又为一大进步。王世贞云："自金元而后，半皆凉州豪嘈之习，词不能按，乃为新声以媚之。"（《雨村曲话》引）后虽豪丽两派分流，而同擅一代之胜；此亦与异民族结合之特产已！

第十九章　元明词之就衰

　　元明两代，南北曲盛行，诗词并就衰颓，而词尤甚。元代文人处于异族宰制之下，典雅派歌曲，既不复重被管弦；激昂悲愤之词风，又多所避忌，不能如量发泄；凌夷至于明代，而词几于歇绝矣！

　　元初作者，皆宋、金遗民；如刘辰翁、王沂孙、周密、张炎、元好问之伦，多感慨悲凉之作，具见前章。此外如仇远（字仁近，号山村，钱塘人）、王恽（字仲谋，号秋涧，汲县人）、刘因（字梦吉，容城人）、刘将孙（字尚友，庐陵人，辰翁子）、刘秉忠（字仲晦，邢州人）、詹玉（号天游，郢人）、张埜（字野夫，邯郸人）、张翥（字仲举，号蜕岩，晋宁人）、邵亨贞（字复孺，号清溪，华亭人）、白朴（字太素，一字仁甫，

刘秉忠

真定人）、倪瓒（字元镇，号云林，无锡人）、许有壬（字可用，汤阴人）等，皆元代词坛之健者；而刘因、刘将孙、张翥、邵亨贞、许有壬为最胜。

刘因词以性情朴厚胜；近人况周颐至推为"元之苏文忠"（《蕙风词话》）。其代表作如《人月圆》：

> 茫茫大块洪炉里，何物不寒灰？古今多少，荒烟废垒，老树遗台。　太山如砺，黄河如带，等是尘埃。不须更叹，花开花落，春去春来。

刘将孙亦南宋遗民，其词"抚时感事，凄艳在骨"（况说）。代表作如《踏莎行》：

> 水际轻烟，沙边微雨，荷花芳草垂杨渡。多情移徙忽成愁，依稀恰是西湖路。　血染红笺，泪题锦句，西湖岂忆相思苦？只应幽梦解重来，梦中不识从何去？

张翥少负才隽，放豪不羁，好蹴鞠，喜音乐。（《元史》本传）其词乃上承姜夔之系统，树骨既高，寓意亦远；在元代诸家中，允推典雅派之上乘。例如《陌上花》"使归闽浙岁暮有怀"：

> 关山梦里，归来还又，岁华催晚。马影鸡声，谙尽倦邮荒馆。绿笺密记多情事，一看一回肠断。待殷勤寄与，旧游莺燕，水流云散。　满罗衫是酒，香痕凝处，唾碧啼红相半。只恐梅花，瘦倚夜寒谁暖？不成便没相逢日，重整钗鸾筝雁。但何郎纵有，

春风词笔，病怀浑懒。

邵亨贞词"情丽宛约，学白石而乏骚雅之致，声律亦未尽妍美"（郑文焯《峨术词选跋》）。然其流连光景，感旧伤时之作，托寄遥远，足张一帜于风靡波颓之际，亦未易多得之才也。

许有壬传作甚多，词笔超迈；情境意度，俱臻绝胜；洵元词之"上驷"，亦苏辛一派之流波也。例如《水龙吟》"过黄河"：

浊波浩浩东倾，今来古往无终极。经天亘地，滔滔流出，昆仑东北。神浪狂飙，奔腾触裂，轰雷沃日。看中原形胜，千年王气，雄壮势，隆今昔。　　鼓枻茫茫，万里棹歌，声响凝空碧。壮游汗漫，山川绵邈，飘飘吟迹。我欲乘槎，直穷银汉，问津深入。唤君平一笑，谁夸汉客，取支机石？

元词作家，略尽于此。余如杨果（字西庵，蒲阴人）、赵孟頫（字子昂，吴兴人）、虞集、萨都剌等，或工诗，或工散曲，词虽偶作，要非专家，故不赘云。

明代士大夫，吟咏性情，多为散曲；风气转变，而词益就衰。一代作家，推刘基、高启、杨基（字孟载，嘉州人）、瞿祐（字宗吉，钱塘人）、杨慎（字用修，新都人）、王世贞诸人；惟杨基小令，新俊可喜，不失姜张矩矱。盖明人宗尚，不出《花间》《草堂》二集；艺非专习，体益卑下，故鲜有可观也。

明季屈大均（号翁山，番禺人）、陈子龙（字卧子，华亭人）出，始崇风骨，而斯道为之一振。二人皆节概凛然，明亡，子龙以身殉；其词能表现作者高尚之性格，故足称也。大均以《梦江南》"赋落叶"

五首为最著；况周颐称其"沉痛之至，一出以繁艳之音，读之使人涕泗涟洳而不忍释手"（赵尊岳《道援堂词提要》）。兹录一首示例：

悲落叶，叶落绝归期。纵使归来花满树，新枝。不是旧时枝，且逐水流迟！

子龙词风流婉丽；陈廷焯称其"能以浓艳之笔，传凄惋之神"（《白雨斋词话》）。其风格略近秦观、姜夔，而出之以沉着秾挚；淘明词中之特色已。兹录《点绛唇》一阕：

赵孟頫

满眼韶华，东风惯是吹红去。几番烟雾，只有花难护。梦里相思，故国王孙路。春无主！杜鹃啼处，泪湿胭脂雨。

第二十章　明散曲之北调作家

明人才思，多耗于八股文；虽偶以诗词相标榜，都成"强弩之末"。惟于南北曲，承元季遗风，作者繁兴，号称极盛。除杂剧、传奇外，散曲亦多专家。盖自元以来，即以散曲为乐府，亦称"填词"；宋人歌词之法不传，而南北曲则盛行于明代；故文人学士，咸乐倚其声而为之制词也。

王骥德历述明代散曲作家云："近之为词（即散曲）者，北调则关中康状元对山、王太史渼陂，蜀则杨状元升庵，金陵则陈太史石亭、胡太史秋宇、徐山人髯仙，山东则李尚宝国华、冯别驾海浮，山西则常廷评楼居，维扬则王山人西楼，济南则王邑佐舜耕，吴中则杨仪部南峰。康富而芜，王艳而整，杨俊而葩，陈、胡爽而放，徐畅而未汰，李豪而率，冯才气勃勃，时见纰颣，常多侠而寡驯，西楼工短调，翩翩都雅，舜耕多近人情，兼善谐谑，杨较粗莽；诸君子间作南调，则皆非当家也。南则金陵陈大声、金在衡，武林沈青门，吴唐伯虎、祝希哲、梁伯龙，而陈、梁最著。唐、金、沈小令并斐亹有致，祝小令亦佳，长则草草，陈、梁多大套，颇著才情，然多俗意陈语，伯仲间耳。"（《曲律·杂论》）此所举诸家，其集或传或不传；而工北调

《曲律》

者十九皆北人，南调则皆出于苏、浙；其受音乐影响，较然可知。沈德符称："元人小令，行于燕、赵，后浸淫日盛。"（《顾曲杂言》）徐渭又言："今唱家称弋阳腔，则出于江西，两京、湖南、闽、广用之；称余姚腔者，出于会稽，常、润、池、太、扬、徐用之；称海盐腔者，嘉、湖、温、台用之。惟昆山腔止行于吴中，流丽悠远，出乎三腔之上，听之最足荡人。"（《南词叙录》）明代诸家之散曲，虽歌唱用何腔，不易一一详考；而其与音乐关系，不可忽也。

明代昆腔未起以前，北曲为盛。徐渭所谓："辽金北鄙杀伐之音，流入中原，遂为民间之日用；宋词既不可被弦管，南人亦遂尚此。"（《南词叙录》）其风盖至明初犹未稍杀也。渭又言："本朝北曲，推周宪王、谷子敬、刘东生，近有王检讨、康状元。"周宪王《诚斋乐府》，散套至多，而文字端谨，鲜有独到处。明人北调，要推康海（字德涵，

杨慎

号对山，武功人）、王九思（字敬夫，号渼陂，鄠县人）、杨慎（字用修，号升庵，新都人）、胡汝嘉（字懋礼，号秋宇，金陵人）、冯惟敏（字汝行，号海浮，临朐人）、常伦（字明卿，号楼居，沁水人）、王磐（字鸿渐，号西楼，高邮人）、王田（字舜耕，济南人）、杨循吉（字君谦，号南峰，吴县人）诸家，而康海、王九思、冯惟敏、王磐四家，最为杰出。

康、王在弘治、正德间，以散曲并称，为北方代表人物。而世多抑康而扬王。王骥德称："对山亦忤于时，放情自废，与渼陂皆以声乐相尚，彼此酬和不辍。康所作尤多，非不莽具才气；然喜生造，喜堆积，喜多用老生语，不得与王并驱。"（《曲律·杂论》）王世贞亦极推服九思，以为"其秀丽雄爽，康大不如也。评者以敬夫声价，不在关汉卿、马东篱下"（《艺苑卮言》）。要之二家之作，皆极豪爽，表现北人性格。南人爱酝藉，重藻饰，致有"直是粗豪，原非本色"（《曲律》）之讥，要不足据为定论也。

康氏《沜东乐府》，用本色为豪放，摆脱明初阘茸之习（任讷说），有振衰起废之功。其自序标出北曲之长，为"慷慨"，为"朴实"；其自作亦充分表现其牢落不平之气。例如《归田喜述》一套：

〔仙吕点绛唇〕少日疏狂，不知度量，夸豪宕，倚马穿杨，好没事寻风浪！〔混江龙〕自那日恩荣发榜，却才知峥嵘发迹是寻常。玉堂金马，锦服牙章。栉风沐雨，冒雪凌霜。攘攘劳劳成底事？兢兢战战为谁忙？觑金张许史斗奢华，羡巢由下务赢高尚。正这里凄然有感，早那壁铲地谋殃。〔油葫芦〕得了个绿鬓酕醄入醉乡，端的是天赐将。逐日价华堂开宴列红妆，新醅饮尽羌童酿，新词撰就花奴唱。与知音三两人，对云山四五觞，逍遥散诞情舒放。抵多少法酒大官羊。〔天下乐〕险些不断送头皮在市场，思量，著甚娘？恶风霪干捱他十数场。止不过胡诌了几道文，贪叨了数斗粮，比似那梦中蕉还较谎。〔鹊踏枝〕三十载离岩廊，一万日美风光。既不曾恶紫夺朱，又甚的卖狗悬羊？卖文钱腾挪下数两，但闲时恣意徜徉。〔赚煞〕原不似庙堂才，却怎改釐盐相？分限是纶巾鹤氅。诧不尽当年鱼漏网，到如今又索甚提防？付行藏，酒鐺诗囊，十万八千有几场。幸七九衰翁在堂，看四岁痴儿作样，也只是蒸明香夜夜谢穹苍。

九思，嘉靖初犹在，所为《碧山乐府》，于雄爽中时有"翩翩佳致"（《衡曲麈谭》）。其豪放苍莽之作，与康氏固势均力敌，未容轩轾于其间也。例如《水仙子》：

一拳打脱凤凰笼，两脚蹬开虎豹丛，单身撞出麒麟洞。望东华人乱拥，紫罗襴老尽英雄！参详破邯郸一梦，叹息杀商山四翁，思量起华岳三峰。

冯惟敏《海浮山堂词稿》，小令、散套，皆喜用俗语俚言，而以苍莽雄直之气行之；其魄力之大，殆可凌驾康、王；而王骥德诋其"直是粗豪，原非本色"，殊不可解。冯氏散曲，包罗万有，颇似词家之辛弃疾。其诙谐玩世之作，本色语尤多；其激壮苍凉处，读之又能使人神王[1]；所谓"豪辣灏烂"之境，冯氏差足当之矣。节录《徐我亭归田》大令（冯集称套数为大令）之前三段，以见一斑：

〔正宫端正好〕跳出了虎狼穴，脱离了刀枪寨，天加护及早归来。甫能撮凑到红尘外，总是超三界！〔滚绣球〕磣可查荆棘排，活扑剌蛇蝎挨，打周遭挤成一块，唬得俺脚难挪眉眼难开。一个虚圈套眼下丢，一个闷葫芦脑后摔。蹁着他转关儿登时成败，犯着他诀窍儿当日兴衰。几曾见持廉守法躲了冤业？都只为爱国忧民成了祸胎！论甚么清白？〔叨叨令〕见了个官来客来，系上条低留答剌的带。又不是金阶玉阶，免不得批留铺剌的拜。恰便似天差帝差，做了些希留乎剌的态。但沾着时乖运乖，落得他稽留聒剌的怪。兀的不磣杀人也么哥！兀的不磣杀人也么哥！单看你胡歪乱歪，妆一角伊留兀剌的外。〔脱布衫〕谢天公特地安排，感吾生苦尽甘来。热还了蝇头利债，再不把文章零卖。

王磐生富室，独厌绮丽之习，雅好古文词（《尧山堂外纪》）。王骥德称其散曲为北词之冠，谓其"俊艳工炼，字字精琢，惜不见长篇"（《曲律》）。磐善诙谐，兼工讽刺；虽同用北调，而作风与上述三家，截然不同；在元人中，于乔、张为近。江盈科谓其"材料取诸眼前，句调得诸口头。其视匠心学古，艰难苦涩者，真不啻啖哀家梨也"（《雪

---

[1] 应为"神往"。——编者注

涛诗话》）。录《满庭芳》"失鸡"一段：

> 平生淡薄，鸡儿不见，童子休焦。家家都有闲锅灶，任意烹炮。
> 煮汤的贴他三枚火烧，穿炒的助他一把胡椒，到省了我开东道。
> 免终朝报晓，直睡到日头高。

上述四家，在明曲北调中，分据文坛，足以领袖一代。此外如常伦之悲壮艳丽，风格在康、王间。杨循吉以吴人而为北调，亦复潇洒有致。杨慎夫妇，并工散曲。《衡曲麈谭》称："杨升庵颇有才情，所著《陶情乐府》，流脍人口。但杨本蜀人，调不甚谐，而摘句多佳。杨夫人亦饶才学，最佳者如《黄莺儿》'积雨酿轻寒'一曲，字字绝佳。杨别和三词，俱不能胜，固奇品也。"

《陶情乐府》

慎父廷和，有散曲集名《乐府遗音》，风调近张养浩《云庄休居乐府》。是杨氏父子夫妇，直以散曲世其家矣。录杨夫人《黄莺儿》"雨中遣怀"一段：

> 积雨酿轻寒，看繁花树树残，泥途满眼登临倦。云山几盘，
> 江流几湾，天涯极目空肠断。寄书难，无情征雁，飞不到滇南！（案
> 此曲亦见《南宫词纪》，以王骥德列慎于北调作家中，特为附及。）

第二十一章　明散曲之南调作家

　　元人散曲，悉用北调。至明初，南曲犹未大行。最早之南调，惟《南宫词纪》载《琵琶记》作者高则诚（永嘉平阳人）之《商调二郎神》"秋怀"一套。其后杨维桢、刘东生偶有传作。周宪王（朱有燉）《诚斋乐府》，虽以北调擅长，亦为南曲之一大作家。至陈铎（字大声，号秋碧，金陵人）、沈仕（字懋学，一字子登，号青门山人，仁和人）二家出，而散曲中始渐行南调。沈德符称："元人俱娴北调，而不及南音。今南曲如《四时欢》《窥青眼》《人别后》诸套最古，或以为元人笔，亦未必然。即沈青门、陈大声辈，南词宗匠，皆本朝化治间人。又同时如康对山、王渼陂二太史，俱以北擅场，而不染指于南。"（《顾曲杂言》）由此，可知风气之转移，盖在陈、沈二家崛兴之后；金、元北鄙之乐，深入人心，匪一朝一夕之所能改也。

　　陈铎官指挥使，沈德符已有"今皆不知其为何代何方人"之叹，而特推为"我朝（明）填词高手"。又谓："今人但知陈大声南调之工耳！其北《一枝花》'天空碧水澄'全套，与马致远'百岁光阴'，皆咏秋景，真堪伯仲。又《题情·新水令》'碧桃花外一声钟'全套，亦绵丽不减元人。本朝词手，似无胜之者。"（《顾曲杂言》）惟张旭初独于铎深致不满，谓："陈大声，金陵将家子，所为散套，尚多借袭，而才情亦浅。然句字流丽，可入弦索。如《三弄梅花》一阕，颇称作家。"（《衡曲麈谭》）铎本工词，而南曲特胜；沈张褒贬，皆不免于过情。其温柔绮腻之作，固散曲中之大家数也。录《中吕锁南枝》"风情"一段：

> 肠中热，心上痒，分明有人闲论讲。他近日恩情又在他人上。要道是真，又怕是谎。抵牙儿猜，皱眉儿想。

沈仕工词曲，绝意仕进，有前贤旷达之风（厉鹗《唾窗绒跋》）。沈德符以与陈铎并称，誉为"填词高手"。至其"所作多偎红倚翠之语，未免以笔墨劝淫"（厉跋）。后来梁辰鱼《江东白苎》，且有效沈青门《唾窗绒》体之作，可想见其影响之大。散曲中之香奁体，殆以青门为最工矣。近人任讷称其"冶艳之中，生动新切。其失在偶摹元人淫亵之作，而后人踵之者，又变本加厉，皆标其题曰效沈青门体，沈氏遂受谤无穷"（《散曲概论》）。观其风流狎昵之作，果足荡人情志；然情歌中有此一格，亦极可观也。录《懒画眉》"春怨"及《锁南枝》"幽会"各一段：

> 倚阑无语掐残花，蓦然间春色微烘上脸霞。相思薄幸那冤家，临风不敢高声骂，只教我指定名儿暗咬牙。
>
> 爹娘睡，暂出来，不教那人虚久待。一见喜盈腮，芳心怎生耐？身惊颤，手乱揣，百忙里解花了绣裙带。

陈沈二家之后，昆腔未起之前，尚有唐寅（字子畏，号伯虎）、祝允明（字希哲，号枝山，又号枝指生）、文徵明（名璧，以字行）

唐寅

三人，并居吴下，特工南曲，唐、祝名尤盛。录唐作《黄莺儿》"闺思"
及祝作《金落索》"四景"各一段：

> 细雨湿蔷薇，画梁间燕子飞，春愁似海深无底。天涯马蹄，
> 灯前翠眉，马前芳草灯前泪。梦魂飞，云山万里，不辨路东西。
> 东风转岁华，院院烧灯罢。陌上清明，细雨纷纷下。天涯荡
> 子心，尽思家。只见人归不见他！合欢未久难抛舍，追悔从前一

念差。伤情处，恹恹独
坐小窗纱。只见片片桃
花，阵阵杨花，飞过了
秋千架。

南曲多温柔细腻，偏写
儿女私情；此与南朝乐府中
之吴歌，宋代柳、秦一派之词，
在文学上，俨然自成一系统。
然在散曲方面，有南人而兼
长北调者；即南调中亦间有
慷慨激昂之作。特举其大者
言之，南北风尚，故自不同耳。

王守仁

王守仁（字伯安，号阳明，余姚人）以一代大儒，偶为南曲，一
洗妖媚绮靡之习，充分表现作者抱负；风格不在北调王、冯诸家之下，
亦南曲中之生面别开者也。《南宫词纪》存其《双调步步娇》"归隐"
一套，移录一段如左：

乱纷纷鸦鸣鹊噪，恶狠狠豺狼当道，冗费竭民膏。怎忍见人
离散，举疾首蹙额相告。簪笏满朝，干戈载道，等闲间把山河动摇！

第二十二章　昆腔盛行后之散曲

明曲自昆腔盛行后，为一大变化。沈德符云："自吴人重南曲皆祖昆山魏良辅，而北词几废。"（《顾曲杂言》）北词既废，"南曲又多参词法以为之，形成所谓南词"（任讷说）；重华藻而轻本色，意境迂拘；末流乃至"只有枯脂燥粉，敷衍堆嵌，拆碎固不成片段，并合亦难象楼台"（任说）。明徐渭尝言："曲本取于感发人心，歌之使奴童妇女皆喻，乃为得体。吾意与其文而晦，曷若俗而鄙之易晓也。"（《南词叙录》）其言虽为邵文明《香囊记》而发，而昆腔盛行以后之散曲，亦多患"文而晦"之病，或拘于韵律，生气索然。曲本出于民间，行之既久，渐由典雅而进于堆砌化；此嘉靖、隆治以来明曲之厄运也。

昆腔之起，约在明正德间。其始北曲用弦索，南曲用箫管。迨昆腔出，乃合而用之。徐渭云："今昆山以笛、管、笙、琵按节而唱南曲者，字虽不应，颇相谐和，殊为可听。"（《南词叙录》）沈德符亦称："今吴下皆以三弦合南曲，而箫管叶之。"（《顾曲杂言》）繁音合奏，故其腔特"流丽悠远，听之最足荡人"（徐说）。昆腔之创始者，世称昆山魏良辅（号尚泉，居太仓南关）。余怀《寄畅园闻歌记》称："良辅初习北音，绌于北人王友山。退而镂心南曲，足迹不下楼十年。当是时，南曲率平直无意致。良辅转喉押调，度为新声，疾徐高下清浊之数，一依本宫，取字齿唇间，跌换巧掇，恒以深邈助其凄戾。吴中老曲师如袁髯、尤驼者，皆瞠乎自以为不及也。"（《虞初新志》）良辅以大音乐创造家，转移风尚；然所努力乃在歌唱方面，初与曲词无关。其闻风而起，依此新声，制为歌曲，别开风气者，则梁辰鱼与沈璟是也。

辰鱼（字伯龙）亦昆山人。胡应麟称："良辅

徐渭

能谐声律，梁伯龙起而效之，考证元剧，自翻新调，作《江东白苎》《浣纱》诸曲；又与郑思笠精研音理，唐小虞、郑梅泉五七辈杂转之，金石铿然，谱传藩邸戚畹、金紫熠爚之家，取声必宗伯龙氏，谓之昆腔。"（《笔丛》）辰玉[1]以音乐家而兼戏剧家，其《江东白苎》则散曲也。

---

[1]　应为"辰鱼"。——编者注

张旭初至推辰鱼为"曲中之圣"（《吴骚合编》），张凤翼又称此集"掷地可作金声"（《江东白苎序》）。而李调元独持异议，谓："曲始于元，大略贵当行，不贵藻丽。盖作曲自有一番材料；其修饰词章，填塞故实，了无干涉也。自梁伯龙出，始为工丽滥觞。盖其生嘉、隆间，正七子雄长之会，词尚华靡；弇州于此道不深，徒以'维桑'之谊，盛为吹嘘，不知非当行也。故吴音一派，竞为勦袭靡词，如绣阁、罗帏、铜壶、银箭、紫燕、黄莺、浪蝶、狂蜂之类，启口即是，千篇一律。甚至使僻事，绘隐语，不惟曲家本色语全无，即人间一种真情话亦不可得。"（《雨村曲话》）李氏之论，虽不免过于偏激；而曲词之坏，不得不归罪于辰鱼矣。昆腔之起，在音乐上为一大贡献；音律益精，乃不免以曲害词。且南人浮靡庸滥之习，率自附于梁氏之文雅蕴藉；亢爽激越之风亡，而散曲亦渐不足观矣！至梁曲所以能风靡一时者，一方固在其腔调之流美，一方亦由其细腻妥帖，充分表现南人之性格；其病则为过求工丽，汩没本真。其风致之佳者，翻在小曲。录《驻云飞》一段：

> 小小冤家，拖逗得人来憔悴杀。雅淡堪描画，举止多潇洒。咱！曾记折梨花，在荼蘪东架。忙询佳期，倒答着闲中话，一半罴人一半耍。

沈璟（字伯英，号宁庵，又号词隐，吴江人）深通音律，善于南曲；所编《南九宫谱》及《南词韵选》二书，楷模大著，学者翕然宗之。其散曲多受辰鱼影响，又特严于韵律，苦无生气。王骥德称："其于曲学，法律甚精，泛澜极博，斤斤返古，力障狂澜，中兴之功，良不可没。"（《曲律》）李调元则谓："沈伯英审于律而短于才，亦知

用故实、用套词之非宜，然作
当家本色俗语，却又不能；直
以浅言俚语，捆拽率凑，自谓
独得其宗，号称词隐。而越中
一二少年，学慕吴趋，遂以伯
英为开山，私相伏膺，纷纭竞
作；非不东、钟、江、阳，韵
韵不犯，一禀德清；而以鄙俚
可笑为不施脂粉，以生硬稚率
为出之天然；较之套词故实一
派，反觉雅俗悬殊；使伯龙、
禹金辈见之，益当千金自享家
帚矣。"（《雨村曲话》）然

《雨村曲话》

则梁、沈二派，虽取径不同，厥失惟均。惟自嘉、隆间以迄明末，将
近百年，主持"词余"坛坫者，文章必推梁氏，韵律必推沈氏，（任
讷说）其影响之大可知。录沈氏《八声甘州》"集杂剧名翻元人吴昌
龄北词"一曲为例：

　　因缘薄冷，叹鸳鸯被卷，枉怨银筝。秦楼月影，蝴蝶梦中孤另。
曾留汗衫余馥在，漫哭香囊两泪盈。柳眉癫双峰，为才子留情。
　　春宵多月亭，记曲江池上，丽日初晴。蓝桥仙路，裴航恰遇
云英。万花堂畔言誓盟，玉镜台前作证诚。他负心几曾？教鱼雁
传情。

　　梁、沈之后，有王骥德（字伯良，号方诸生，会稽人），曾受曲

学于徐渭，又与璟有往还。其所作《方诸馆乐府》，虽不免为梁、沈二家所囿；而所著《曲律》，识见甚高，为有功曲苑之巨制。其论曲亦颇不满于当世之南词，而深崇元人散曲，故足称也。

生值昆腔盛行之后，而能开径独行，自成一家，不为梁、沈所笼罩者，惟一施绍莘（字子野，号峰泖浪仙，华亭人）。其人亦工音律，自蓄歌童，所作无不制谱付拍者（任讷说）。其自序《秋水庵花影集》云："犹记十六七时，便喜吟咏，而诗余乐府，于中为尤多。十余年来，费纸不知几十万？尝贮之古锦囊，挑以筇竹杖，向桃花溪畔，杏树村边，黄叶丹枫，白云青嶂，席地高歌一两篇；虽不入谱律，亦复欣然自喜。山童骑黄犊，负夕阳而归，亦令拍手和歌，喁于互答。因择其声之幽脆者，命歌工教以音律。于是花月下，香茗前，诗酒畔，风雪里，以至茅茨草舍之酸寒，崇台广囿之弘侈，高山流水之雄奇，松龛石室之幽致，曲房金屋之妖妍，玉缸珠履之豪肆，银筝宝瑟之紫魂，机锦砧衣之怆思，荒台古路之伤心，南浦西楼之感喟，怜花寻梦之闲情，寄泪缄丝之逸事，分鞋破镜之悲离，赠枕联钗之好会，佳时令节之杯觞，感旧怀恩之涕泪，随时随地，莫不有创谱新声，称宜迭唱。每听双鬟竖子，拍板一声，则沉濠传响，情境生动，可谓极风情之致，享文字之乐矣。"绍莘性格之萧洒，与其爱好歌曲之情形，于此文中，充分表出。陈继儒称："子野才太俊，情太痴，胆太大，手太辣，肠太柔，心太巧，舌太纤，抓搔痛痒，描写笑啼，太逼真，太曲折。"（《花影集序》）若绍莘者，诚可谓能融各派散曲之长，不愧为当行作家。其用笔轻倩，而结构绵密，拟之元人，庶几《小山乐府》；以殿有明一代之散曲，视梁、沈辈偶乎远矣！录《月下感怀》一套：

　　〔南大石念奴娇序〕阴晴。万古这冰轮不改，凭人覆雨翻云。

欲向吴刚求利斧，
劈开懵懂乾坤。
休译！一点山河，
三千世界，人间万
事总虚影！（合）
多管是清光夜夜，
照不分明。〔前腔〕
痴甚！天公哄您，
并没个好歹贤愚，
忠佞同尽。万里江
边沙上骨，这是隋
唐秦晋。休逞！扯
破衣冠，丢开礼乐，
到头毕竟认谁真？
（合前）〔前腔〕
忒狠！将相功名，

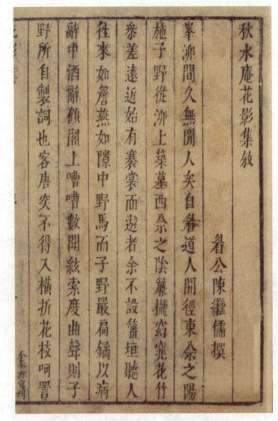

《秋水庵花影集》

君王社稷，争教一代一灰尘？早发掘累累，前朝荒坟。冰冷！笛
暮牛羊，蛩秋烟雨，当年气势吓谁人？（合前）〔前腔〕重省！
酷慕神仙，浪煎药物，心长命短与谁争？碑额上标题，隐士先生。
伤情！狐戴头颅，鸦翻皮肉，大丹毕竟甚时成？（合前）〔古轮台〕
漫胡评，从来些个总无凭！功名富贵天之分，怎生侥幸？况到底
空花眼前，岂伊毕竟？有事到垂成，被人作梗。有凌云奇志，困
青衫叫天不应。有高才短命身倾。有星霜白首，垂涎如斗一颗金
印。成败岂由人？今宵景，苍烟荒野鬼无灵。〔前腔〕须听！还
有专宠宫庭；也有独守鸳帏，恨人薄幸。也有嫁得萧郎，却有日

路人相认。有恩爱夫妻，衾挨肩并；有夫婿恩荣，捧将来县君诰命。有伶仃孤苦艰辛。高高下下，如今白骨，总成枯梗！天眼太昏昏！今宵景，一声长笛晓风清。〔尾文〕一轮月，万古情，笑如此人间痴甚，但闲气教伊莫要争。

明人散曲之外，别有民间流行之小曲。卓珂月曰："我明诗让唐，词让宋，曲让元；庶几吴歌《挂枝儿》《罗江怨》《打枣竿》《银铰丝》之类，为我明一绝耳！"（陈宏绪《寒夜录》）小曲原出北方，明代大行于吴下。王骥德云："小曲《挂枝儿》即《打枣竿》，是北人长技，南人每不能及。昨毛允遂贻我吴中新刻一帙，中如《喷嚏》《枕头》等曲，皆吴人所拟；即韵稍出入，然措意俊妙，虽北人无以加之；故知人情原不相远也。"（《曲律》）明散曲家，于小曲并多染指。录龙子犹《江儿水》一曲，以见一斑：

郎莫开船者！西风又大了些！不如依旧还奴舍。郎要东西和奴说，郎身若冷奴身热，且受用而今这一夜。明日风和，便去也奴心安帖。

第二十三章　清词之复盛

　　清代二百八十年，词人辈出，超轶元明二代，骎骎与两宋比隆。虽此体不复重被管弦，仅为"长短不葺之诗"；而一时文人精力所寄，用心益密，托体日尊；向所卑为"小道"之词，至是俨然上附于《风》《骚》之列；而浙常二派，又各开法门，递主词坛，风靡一世。吾辈撇开音乐关系，以论清词，则实有同于唐人之新乐府诗，于中国文学史上，占极重要之地位焉。

　　清初作者，以吴伟业为"开山"；顺治、康熙之间，制作益盛。聂先、曾王孙合辑之《名家词钞》，所收至百种以上，皆此一时期之作品也。

　　浙派未兴之前，有梁清标（字玉立，真定人）、宋琬（字玉叔，号荔裳，莱阳人）、王士禄（号西樵，新城人）、王士禛（士禄弟）、曹尔堪（字子顾，嘉善人）、丁澎（字飞涛，仁和人）、毛际可（字会侯，遂安人）、曹贞吉（字升六，号实庵，安邱人）、余怀（字澹心，莆田人）、吴绮（字薗次，江都人）、顾贞观（号梁汾，无锡人）、钱芳标（字葆酚，华亭人）、纳兰性德（原名成德，字容若，满洲人）、彭孙遹（字骏孙，号羡门，海盐人）、尤侗（字展成，号西堂，长洲人）、毛奇龄（字大可，萧山人）、徐釚（字电发，吴江人）、陈维崧（字其年，号迦陵，宜兴人）、严绳孙（字荪友，无锡人）、孙枝蔚（字豹人，三原人）等，皆一时之秀；而王士祯、曹贞吉、顾贞观、纳兰性德、彭孙遹、毛奇龄、陈维崧七家，尤为杰出。分述如下：

王士祯为清代大诗人，特工绝句，又标"神韵"之说；即以其法填词，故专以小令擅胜；唐允甲所谓"极哀艳之深情，穷倩盼之逸趣"（《衍波词序》）者是也。士祯以《浣溪沙》"红桥赋"三首负盛名；录一首如下：

王士祯

北郭青溪一带流，红桥风物眼中秋，绿杨城郭是扬州。
西望雷塘何处是？香魂零落使人愁，澹烟衰草旧迷楼。

曹贞吉《珂雪词》，洗尽绮罗芗泽之习，慷慨悲凉，为稼轩嫡系。王炜又称其"珠圆玉润，迷离哀怨，于缠绵款至中，自具潇洒出尘之致；绚烂极而平澹生，不事雕锼，俱成妙诣"（《珂雪词序》）。贞吉与士祯皆山东人，而士祯之软媚，不似北人性格；以视贞吉之雄浑苍凉，有逊色矣。贞吉以《留客住》"鹧鸪"词著名，录之如下：

瘴云苦！遍五溪沙明水碧，声声不断，只劝行人休去。行人今古如织，正复何事关卿频寄语？空祠废驿，便征衫湿尽，马蹄难驻。　　风更雨，一发中原，杳无望处。万里炎荒，遮莫摧残毛羽。记否越王宫殿，宫女如花，只今惟剩汝。子规声续，想江深月黑，低头臣甫。

顾贞观以《贺新郎》"寄吴汉槎宁古塔以词代书"二首，最为世重；以书札体入词，已为创格；而语语真挚，字字从肺腑中流出，真可歌可泣之作也。词已为人传诵，不录。况周颐称："容若与梁汾交谊甚深，词亦齐名，而梁汾稍不逮容若；论者曰失之脆。"（《餐樱庑词话》）别录《夜行船》"郁孤台"一阕：

为问郁然孤峙者，有谁来？雪天月夜。五岭南横，七闽东距，终古江山如画。　　百感茫茫交集也！憺忘归、夕阳西挂。尔许雄心，无端客泪，一十八滩流下。

　　纳兰性德为明珠相国子，以进士官侍卫，具文武才。其词极为顾贞观、陈维崧诸人所推服；维崧谓："《饮水词》哀感顽艳，得南唐二主之遗。"其"长调多不协律，小令则格高韵远，极缠绵婉约之致"（周之琦说）。性德生长富厚，而词多凄惋之音，卒以短命，可悲也！录《浣溪沙》二阕：

　　谁念西风独自凉？萧萧黄叶闭疏窗，沈思往事立残阳。

　　被酒莫惊春睡重，赌书消得泼茶香，当时只道是寻常！

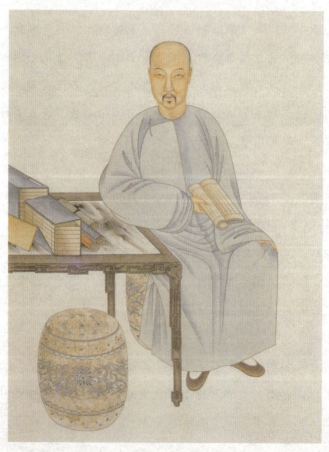

纳兰性德

肠断斑骓去未还，绣屏深锁凤箫寒，一春幽梦有无间。

逗雨疏花浓淡改，关心芳草浅深难，不成风月转摧残。

彭孙遹工作艳词，风格绝近《花间》；朱孝臧有"吹气如兰彭十郎"（《彊村弃稿》）之语。尤侗称其"提辛攀李，含柳吐秦，与'红杏尚书''花影郎中'平分风月"（《延露词序》）；其人之风调，可以想见。录《卜算子》"赋艳"一阕：

又报玉梅开，笑泥青娥饮。去岁留心直到今，醉里如何禁？

身作合欢床，臂作游仙枕。打起黄莺不放啼，一晌留郎寝。

毛奇龄本经学家，其词旨精深而体温丽，亦特长于小令。近人邵瑞彭谓其"雅近齐、梁以后乐府，风格在晚唐之上"。录《长相思》一阕：

长相思，在春晚。朝日瞳瞳熨花暖。黄鸟飞，绿波满。雀粟衔素珰，蛛丝断金翦。欲著别时衣，开箱自展转。

陈维崧与朱彝尊齐名，而二家风格迥异。陈廷焯谓："国初词家，断以迦陵为巨擘；后人每喜扬朱而抑陈，以为竹垞独得南宋真脉。"又云："迦陵词沉雄俊爽，论其气魄，古今无敌手；若能加以浑厚沉郁，便可突过苏、辛。"（《白雨斋词话》）维崧作品之多，殆为古今词家之冠；其《湖海楼词集》，兼综各体，而短调"波澜壮阔，气象万千"（陈说），亦开古今小令未有之奇。如《点绛唇》云："悲风吼，临洺驿口，黄叶中原走。"《好事近》云："别来世事一番新，

只吾徒犹昨！话到英雄失路，忽凉风索索。"并于"平叙中峰峦忽起，
力量最雄"（陈说）。其长调纵笔所之，雄杰排奡，不复务为含蓄，
一如"元祐体"之诗；词体之解放，盖至维崧而达于最高顶矣。其尤
可注意者，则《迦陵词》中，不特开苏、辛未有之境，且以社会思想，
发之于词。例如《贺新郎》"纤夫词"，直似张籍、王建乐府。词至
迦陵，应用无方；而人多不留意于此，特为拈出如下：

> 战舰排江口。正天边真王拜印，蛟螭蟠纽。征发榷船郎
> 十万，列郡风驰雨骤。叹闾左、骚然鸡狗。里正前团催后保，
> 尽累累锁系空仓后。捽头去，敢摇手？　　稻花恰趁霜天秀。
> 有丁男、临歧诀绝，草间病妇。此去三江牵百丈，雪浪排樯夜吼。
> 背耐得土牛鞭否？好倚后园枫树下，向丛祠倩巫浇酒。神祐我，
> 归田亩。

清初人词，大抵不出二派。一派沿明人遗习，以《花间》《草堂》
为宗，而工力特胜；其至者乃欲上追五代；如王士祯、纳兰性德、彭
孙遹诸人是。一派宗苏、辛，发扬蹈厉，以自写其胸中磊砢不平之气，
其境界乃前无古人；如曹贞吉、陈维崧诸人是。自浙、常宗派之说起，
而风气为之一变；虽词体益尊，气格益醇，而清初柔婉博大之风，不
可复睹矣！

第二十四章　浙西词派之构成及其流变

清词之有浙派，盖树立于朱彝尊，而肇端于曹溶（字秋岳，号倦圃，嘉兴人）。彝尊尝称："余壮日从先生南游岭表，西北至云中。酒阑灯炧，往往以小令慢词，更迭唱和；有井水处，辄为银筝檀板所歌。念倚声虽小道，当其为之，必崇尔雅，斥淫哇；极其能事，则亦足以宣昭六义，鼓吹元音。往者明三百祀，词学失传；先生搜辑遗集，余曾表而出之。数十年来，浙西填词者，家白石而户玉田，春容大雅；风气之变，实由于此。"（《静志居诗话》）浙西词派之建立，与其所标之宗旨，观于此，可见一斑矣。

彝尊以学术词章负重名；习为倚声，又与陈维崧分主坛坫；而其标宗立义，乃在所辑《词综》一书。汪森为之序云："西蜀南唐而后，作者日盛；宣和君臣，转相矜尚；曲调愈多，流派因之亦别，短长互见；言情者或失之俚，使事者或失之伉。鄱阳姜夔出，句琢字炼，归于醇雅。于是史达祖、高观国羽翼之；吴文英师之于前，赵以夫、蒋捷、周密、陈允平、王沂孙、张炎、张翥效之于后。"彝尊又自言："填词最雅，无过石帚。"（《词综发凡》）由此可知浙派之构成，实奉姜夔为"圭臬"，而直接南宋典雅派之系统者也。

朱彝尊

彝尊又称"宋以词名者，浙东西为多"；并列举周邦彦、张炎、仇远、张先、毛滂、卢祖皋、吴文英、陈允平、陆游、高观国、尹焕、王沂孙诸人，以相标榜（详《曝书亭集·孟彦林词序》）；于是其同里李良年（字武曾，秀水人）、李符（字分虎，嘉兴人）从而和之；浙中词人，因之大盛。作者如汪森（字晋贤，桐乡人）、沈皞日（字融谷，平湖人）、沈岸登（字覃九，平湖人）、龚翔麟（号蘅圃，仁和人）、厉鹗（字太鸿，号樊榭，钱塘人）、张弈枢（字今培，平湖人）等，大盛于康熙、乾隆之际；而朱彝尊、李良年、李符、厉鹗四家，其卓卓者也。

彝尊有《解佩令》"自题词集"云："老去填词，一半是空中传恨。"又云："不师秦七，不师黄九，倚新声玉田差近。"其宗尚所在，于此可知。其《茶烟阁体物集》，组织甚工，《蕃锦集》则全集成句，一如"无缝天衣"，然要为"雕虫小技"；惟《江湖载酒集》，洒落有致，《静志居琴趣》尽扫陈言，独出机杼（陈廷焯说），为极可观耳。谭献云："锡鬯，其年出，而本朝词派始成；顾朱伤于碎，陈厌其率，流弊亦百年而渐变。锡鬯情深，其年笔重，固后人所难到；嘉庆以前，为二家牢笼者十居七八。"（《箧中词》）彝尊为浙派词人之祖，影响视维崧尤大，而其魄力远不逮维崧；一学姜、张，一学苏、辛，造诣故自不同也。录彝尊《浪淘沙》"雨花台"一阕：

> 衰柳白门湾，潮打城还。小长干接大长干。歌板酒旗零落尽，剩有渔竿。　　秋草六朝寒，花雨空坛。更无人处一凭阑。燕子斜阳来又去，如此江山！

二李词绝相类，大约皆规模南宋，羽翼竹垞者；武曾较雅正，而才气则分虎为胜（陈廷焯说）。彝尊序符《耒边词》云："分虎游屐所向，南朔万里，词帙之富，不减予曩日；殆善学北宋者。顷复示予近稿，益精研于南宋诸名家，而分虎之词愈变而极工；方之武曾，无异埙篪之迭和也。"录符《钓船笛》一阕：

> 曾去钓江湖，腥浪黏天无际。浅岸平沙自好，算无如乡里。

从今只住鸭儿边，远或泛苕水。三十六陂秋到，宿万荷花里。

厉鹗于浙派为较后起，而有起衰振废之功。谭献尝言："浙派为人诟病，由其以姜、张为止境，而又不能如白石之涩，玉田之润。"（《箧中词》）惟"厉樊榭词，幽香冷艳，如万花谷中杂以芳兰"（陈廷焯说）；"直可分中仙、梦窗之席"（谭献说）；庶几于"清空峭拔"者矣。录《念奴娇》"月夜过七里滩，光景奇绝，歌此调几令众山皆响"一阕：

厉鹗

秋光今夜，向桐江、为写当年高躅。风露皆非人世有，自坐船头吹竹。万籁生山，一星在水，鹤梦疑重续。拿音遥去，西岩渔父初宿。

心忆汐社沉埋，清狂不见，使我形容独。寂寂冷萤三四点，穿破前湾茅屋。林净藏烟，峰危限月，帆影摇空绿。随流飘荡，白云还卧深谷。

　　厉鹗之后，有吴翌凤（字伊仲，号牧庵，吴县人）、郭麐（字祥伯，号频伽，吴江人，侨居嘉善）皆浙派中人。谭献谓："牧庵高朗，频伽清疏，浙派为之一变；而郭词则疏俊少年尤喜之。"（《箧中词》）郭视吴为高，而不免失之滑易，又不能望樊榭之项背矣。

　　浙派至嘉庆、道光间，已日即于衰敝；乃有项鸿祚（字莲生，钱塘人）出而振之。谭献云："莲生，古之伤心人也，荡气回肠，一波三折；有白石之幽涩而去其俗，有玉田之秀折而无其率，有梦窗之深细而化其滞，殆欲前无古人。"（《箧中词》）鸿祚家本富有，而填词幽艳哀断，与纳兰性德异曲同工；其高者殆近南唐，非浙派之所能囿也。录《玉漏迟》"冬夜闻南邻笙歌达曙"一阕：

　　　　病多欢意浅。空簟素被，伴人凄惋。巷曲谁家？彻夜锦堂高宴。一片氍毹月冷，料镫影衣香烘暖。嫌漏短，漏长却在，者边庭院。
　　　　沈郎瘦已经年，更懒拂冰丝，赋情难遣。总是无眠，听到笛慵箫倦。咫尺银屏笑语，早檐角惊乌啼乱。梦远，声声晓钟敲断。

第二十五章　散曲之衰敝

清代词盛而曲衰。盖自明梁、沈以来，曲体已日趋于凝固，专崇韵律，气象雕枯；民间小曲流行，渐有"取而代之"之势。清初作者，承梁、沈遗风，多所拘牵，劣能自振。康熙、雍正而后，家伶日少，台阁巨公，不憙声乐，歌场奏艺，仅习旧词（参看吴梅《中国戏曲概论》）。新声肄习无人，即为散曲，亦不必播诸弦管。士大夫之爱好文艺，崇尚骚雅者，乃群趋于词之复兴运动，而散曲遂一蹶而不复振矣。作家间出，大都以诗词余力为之，罕有专诣，亦一时风会使然也。

清初专尚南曲，作者如沈谦（字去矜，仁和人）、尤侗（字展成，号悔庵，长洲人），下逮康熙、乾隆间之吴绮（字薗次，江都人）、蒋士铨（字定甫，铅山人）、吴锡麒（字毂人，一字圣徵，钱塘人），合为一派；而沈谦《东江别集》多集曲、翻谱之作，梁、沈之嫡传也。尤、蒋特善杂剧，散曲亦偶为之。二吴所作较多，而锡麒尤胜。其《八月十八日秋涛宫观潮》一套，气象壮阔，非梁、沈所能范围，亦一时名制也。移录如下：

〔南中吕好事近〕斜照送登楼，拓开胸底清秋。千樯茅簇，全教拢了沙洲。飕飕，闪过空江风色，堕凉雪先有飞鸥。霎时间天容变也，看青连大地，我亦如浮。〔锦缠道〕者前头，似银潢从空倒流，斜界一条秋。倏灵蛇东奔西掣，接著难休。响硠硠雷车碾骤，高矗矗雪山飞陡，四面撼危楼。渐离却樟亭赤岸，一路的和沙折柳。更道凭仗鸱夷势，水犀军浑不怕婆留。〔普天乐〕羽林枪前驱走，伏飞队中权守。折波涛颠倒天吴，逐风云上下阳侯。青天湿透。惹乌啼兔泣，鼍愤龙愁。〔榴花泣〕（石榴花首至四）一声弹指重见涌琼楼。湘女倚，虙妃游，神仙缥缈数螺浮，

吴锡麒

度匆匆羽葆霞斿。（泣颜回五至末）珠玑乱丢，杂冰涎喷出龙公口，猛淋侵帕渍鲛绡，忒模糊锦浣鱼油。〔古轮台〕问根由，古来曾阅几春秋？却烦毒酒今番醉。大江依旧，呼吸神通，过了天长地久。有甚难平？一番息后，但听伊呜咽过津头。叹则叹茫茫世宙，也等闲消长如沤。残山剩水，荷花桂子，故宫回首，寂寞付寒流。看来去，只铜驼无语铁幢愁。〔尾声〕朝又夕，春复秋，能唱到风波定否？怪不得回转严滩总白头。

浙派词人朱彝尊，兼填北曲小令，以元人乔吉、张可久为宗。其

论词主姜、张，专尚清空骚雅。乔、张散曲，风格略同。彝尊并力追踪，以自成其"词人之曲"。所为《叶儿乐府》，多清丽之音，洵词人吐属也。录《一半儿》"灵隐"一段：

> 冷泉亭子面山崖，萧九娘家沽酒牌，垆畔碧桃花乱开。到重来，一半儿依然，一半儿改！

厉鹗与彝尊同调，所为《北乐府小令》，间效康沂东体，大部风格皆近张小山。录《柳营曲》"寻秦淮旧院遗址"一段：

> 支瘦筇，访城东，板桥夕阳依旧红。名士词工，狎客歌终。醉卧锦胭丛，闲愁埋向其中，温柔老却吴侬。香销南国尽，花落后庭空。风，吹梦去无踪。

朱、厉二家之后，宗乔、张者，有刘熙载（号融斋，兴化人）、许光治等。熙载俯就南曲，求合昆腔。光治心好乔、张，自谓："情之所宣，每为邯郸之步；然音律未娴，其声之高下不入格者，当复不少。然第寄意云耳，于声律固不计也。"（《江山风月谱散曲自序》）录《庆东原》一段：

> 云低宇，风满庐，阴晴天气商量雨。林鸦新乳，桑鸠剩语，梁燕刚雏。人困也日初长：花谢了春归去。

赵庆熹（字秋舲，仁和人）约与蒋士铨等同时；而刻意学施绍莘，不为上述两派所囿。其《香销酒醒曲》，能融元人北曲之法入南词，在清代确为当行作家。庆熹以《对月有感》套中之《江儿水》一支负盛名，特为节录；并举《谢文节公遗琴》全套如下：

〔江儿水〕自古欢须尽，从来满必收。我初三瞧你眉儿斗，十三窥你妆儿就，二三觑你庞儿瘦，都在今宵前后。何况人生，怎不西风败柳？

〔南商调二郎神〕天风大，猛吹来琴声入破，弹落的冬青花万朵。愁宫怨羽，是当时铁马金戈。这瘦玉条条忠胆做，合配那麻衣泪裹。待摩挲，还只怕海潮飞

谢枋得（谥文节）

溅起红波。〔前腔换头〕山河！君弦断了问谁人担荷？把浩劫红羊愁里过。燕云去后，看看没处腾挪。听塞鼓边笳声四合，冷照着僧房暗火。漫延俄，眼见得没黄沙荆棘铜驼。〔集贤宾〕有多少宫车细马结队过。他斜抱云和，似这短调凄凉何处可？算知音只有曹娥。余生菜果，干守定几时清饿。真坎坷！料独自囊琴悲卧。〔黄莺儿〕壮志已消磨，剩枯桐三尺多，松风一曲有人儿和。痛江山奈何！恋生涯怎么？泪珠儿齐向冰弦堕。可怜他，一声声应是，应是《采薇歌》。〔琥珀猫儿坠〕六陵火后，余响振蛟鼍。

回首崖山日易矬，瑶花死后葬云窝。搜罗，亏得剔苔封款字无讹。〔尾声〕奇珍未许浮尘浣，算今日人琴证果，只是落叶商声绕指多！

清人散曲之差强人意者，略尽于上述诸家。此外如吴绮之《林蕙堂填词》、陈栋之《北泾草堂北乐府》、赵对澂之《小罗浮馆杂曲》、许宝善之《自怡轩乐府》、毛莹之《晚宜楼杂曲》、魏熙元之《玉玲珑曲存》、石韫玉之《花韵庵南北曲》、谢元淮之《养默山房散套》、杨恩寿之《坦园词余》、秦云之《花间剩谱》、凌廷堪之《梅边吹笛谱》、沈清瑞之《樱桃花下银箫谱》[1]，虽各具规模，而能卓然自立者鲜矣！

散曲衰而民间盛行道情之体，盖亦散曲之支流。文人如郑燮（号板桥，兴化人）、徐大椿（字灵胎，吴江人）皆有创制。大椿通音律，尝称道情"乃曲体之至高至妙者"；而"时俗所唱之《耍孩儿》《清江引》数曲，卑靡庸浊，全无超世出尘之响，其声竟不可寻"，引以为惜。因"即今所存《耍孩儿》诸曲，究其端倪，推其本初，沿其流派，似北曲仙吕入双调之遗响。乃推广其音，令开合弛张；显微曲折，无所不畅。声境一开，愈转而愈不穷，实有移情易性之妙"（《洄溪道情自序》）。大椿既创新腔，又以"有声无辞，可饷知音，难以动众"；乃更撰为新词，"半为警世之谈，半写闲游之乐"，语浅而情挚，亦曲体之风格特殊者也。因附及之，兼录《戒争产》一首为例：

争田地，终日喧。锦江山，不要钱。人生何苦把家园恋？昆仑在右边，沧海在左边。那其间千村万落，奇花异卉，舟车士女，无万无千。你把轻舟挂了帆，骏马加了鞭，便走到五载三年，也

---

[1] 应为"《樱桃花卞银箫谱》"。——编者注

怕你游他不遍。何苦将这破屋荒田，与旁人争长论短？你说道传与子孙，只怕你的子孙败得来身上无绵，手里无钱；得了人几串青蚨，几片银边，把笔来写得根根固固，杜杜绝绝，土无一寸，瓦无半片。那时节你在黄泉，方晓得枉抛了十万倍锦绣乾坤，又保不住一角儿土缺墙圈。

第二十六章　常州派之兴起与道咸以来词风

常州词派，倡始于张惠言（字皋文，武进人），而发扬于周济（字保绪，号止庵，荆溪人）。惠言以易学大师，乘浙派颓靡之际，以《风》《骚》之旨相号召，辑《词选》一书；而为之叙曰："词者，盖出于唐之诗人，采乐府之音，以制新律，因系其词，故曰词。传曰：'意内而言外谓之词。'其缘情造端，兴于微言，以相感动；极命风谣里巷男女哀乐，以道贤人君子幽约怨悱不能自言之情，低徊要眇，以喻其致；盖诗之比兴变风之义，骚人之歌，则近之矣。然以其文小，其声哀；放者为之，或跌荡靡丽，杂以昌狂俳优。然要其至者，莫不恻隐盱愉，感物而发，触类条鬯，各有所归；非苟为雕琢曼辞而已。"其论词宗旨，具见于是。惠言以说经之见解，推论词之本体与起源，要不免于"拘墟"；而壹意提高词体，以防淫滥之失，则自词与乐离之后，有不得不如此者。惠言又谓："几以塞其下流，导其渊源；无使风雅之士，惩于鄙俗之音，不敢与诗赋之流，同类而风诵之。"则其意固欲以此体上接《风》《骚》，而一切庸滥侈靡，乃至"无病呻吟"之作，皆摈诸门外，而体格自高矣。词至清代，原已发露无遗；得惠言而其体遂尊，学者竞崇"比兴"，别开涂术，因得重放光明；此常州词派之所以盛极一时，而竟夺浙派之席也。

张氏《词选》，所录仅四十四家，一百十六首，门庭过于狭隘；潘德舆（字四农，山阳人）即起而非之曰："张氏《词选》抗志希古，标高揭己；宏音雅调，多被排摈。五代北宋，有自昔传

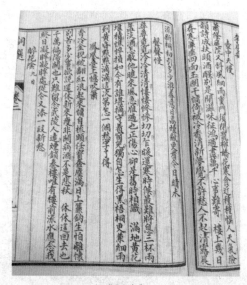

《词选》

诵，非徒只字之警者，亦多恝然置之。"（《与叶生书》）就词论词，潘说切中张选之病。至周济受词学于董士锡（字晋卿，武进人），董为词实师其舅氏张皋文、翰风（琦）兄弟；渊源有自，因从其说而推拓之；标举周邦彦、辛弃疾、吴文英、王沂孙四家，教学者"问涂碧山，历梦窗、稼轩，以还清真之浑化"（《宋四家词选叙论》）。由是常州词派，疆宇恢宏，遂大行于嘉庆、道光以后矣。

惠言兄弟既同撰《词选》，以相砥砺；一时闻风而起，与表同情者，有恽敬（字子居，阳湖人）、钱季重（阳湖人）、丁履恒（字若士，武进人）、陆继辂（字祁生，阳湖人）、左辅（字仲甫，阳湖人）、李兆洛（字申耆，阳湖人）、黄景仁（字仲则，阳湖人）、郑抡元（字善长，歙县人）、金应城（字子彦，歙县人）、金式玉（字朗甫，歙县人）等，皆不愧一时作家；而董士锡造微踵美，为其后劲。

惠言词大雅遒逸，振北宋名家之绪，以自成其为"学者之词"。录《水调歌头》一阕：

百年复几许？慷慨一何多！子当为我击筑，我为子高歌。招手海边鸥鸟，看我胸中云梦，蒂芥近如何？楚越等闲耳，肝胆有风波。　　生平事，天付与，且婆娑。几人尘外，相视一笑醉颜酡。看到浮云过了，又恐堂堂岁月，一掷去如梭。劝子且秉烛，为驻好春过。

周济

周济精于持论；其《介存斋论词杂著》，极不喜姜夔、张炎，适与浙派立于反对地位。又谓："词非寄托不入，专寄托不出。一事一物，引伸触类，意感偶生，假类必达，斯入矣；万感横集，五中无主，赤子随母笑啼，野人缘剧喜怒，能出矣。"（《宋四家词选叙论》）说皆精到，影响于清季词坛者尤深。其自为词，精密纯正，与惠言相近。录《蝶恋花》一阕：

柳絮年年三月暮。断送莺花，十里湖边路。

万转千回无落处，随侬只恁低低去。　　满眼颓垣敧病树。纵有余英，不直封姨妒。烟里黄河遮不住，河流日夜东南注。

稍后于济者，有蒋敦复（字剑人，宝山人），词宗北宋，持论略与济同。咸丰、同治以还，词家多受常州影响；至清季王、朱诸家，造诣益宏，又非张、周之所能及矣。

道光、咸丰以来，词家于常浙二派之外，能卓然自树者，有周之琦（字稚圭，祥符人）、蒋春霖（字鹿潭，江阴人）二家。

之琦为嘉庆十三年进士，官广西巡抚。曾撰《心日斋十六家词选》，谭献称其"截断众流，金针度与，虽未及皋文、保绪之陈义甚高，要亦倚声家疏凿手也"（《箧中词》）。其词之高者，往往近唐人佳境，寄托遥深，《珠玉》《六一》之遗音也。例如《思佳客》：

帕上新题间旧题，苦无佳句比红儿。生怜桃萼初开日，那信杨花有定时？　　人悄悄，昼迟迟，殷勤好梦托蛛丝。绣帏金鸭熏香坐，说与春寒总不知。

春霖一生落拓，又值咸丰兵事，流离颠沛，备极酸辛。其词本亦出于姜夔，而尤与张炎为近；徒以身世之感，发为苍凉激楚之音，非浙派诸家所及耳。谭献评其词集云："《水云楼词》，固清商变徵之声，而流别甚正，家数颇大；与成容若、项莲生，二百年中，分鼎三足。咸丰兵事，天挺此才，为倚声家杜老。"（《箧中词》）又谓"惟三家始是词人之词"，可称确论。录《木兰花慢》"江行晚过北固山"一阕：

泊秦淮雨霁，又镫火，送归船。正树拥云昏，星垂野阔，暝色浮天。芦边，夜潮骤起，晕波心月影荡江圆。梦醒谁歌《楚些》？泠泠霜激哀弦。　　婵娟，不语对愁眠，往事恨难捐。看莽莽南徐，苍苍北固，如此山川！钩连，更无铁锁，任排空樯橹自回旋。寂寞鱼龙睡稳，伤心付与秋烟。

周蒋二家之外，如戈载（字顺卿，吴县人）、庄棫（字中白，丹徒人）、谭献（字仲修，号复堂，仁和人）各有建树；而经师陈澧（字兰甫，号东塾，番禺人）亦以词名；其《忆江南馆词》，绰有雅音；可见咸丰以后词坛之盛矣！

戈载论词律极精，于旋宫八十四调之旨，多所探讨；所著《词林正韵》，学者咸遵用之。惟所作词晦涩窈离，情文不副；其人但可与言词学，不足以与于词家也。

庄棫、谭献并称于同治、光绪间；大抵皆标比兴，崇体格，受常州派影响。棫尝称："自古词章，皆关比兴；斯义不明，体制遂舛。狂呼叫嚣，以为慷慨；矫其弊者，流为平庸。"（《谭复堂词序》）即此数言，可知其宗旨所在矣。谭词品骨甚高，而论者以为尚不及棫。朱孝臧曰："皋文后，私淑有庄谭。"（《彊村语业·望江南》）知二家固常州之嫡派也。录棫《蝶恋花》一阕：

绿树阴阴晴昼午。过了残春，红萼谁为主？宛转花镶勤拥护，帘前错唤金鹦鹉。　　回首行云迷洞户。不道今朝，还比前朝苦。百草千花羞看取，相思只有侬和汝。

第二十七章　清词之结局

自常州派崇比兴以尊词体，而佻巧浮滑之风息。同治、光绪以来，国家多故，内忧外患，更迭相乘。士大夫怵于国势之危微，相率以幽隐之词，借抒忠愤。其笃学之士，又移其校勘经籍之力，以从事于词籍之整理与校刊。以是数十年间，词风特盛；非特为清词之光荣结局，亦千年来词学之总结束时期也。

庄、谭而后，主持风气者，有王鹏运（字佑霞，号半塘，又号鹜翁，广西临桂人）、文廷式（字道希，号芸阁，江西萍乡人）、郑文焯（字小坡，一字叔问，号大鹤，奉天铁岭人）、朱孝臧（一名祖谋，字古微，号沤尹，又号彊村，浙江归安人）、况周颐（字夔笙，号蕙风，临桂人）等；王、朱兼精校勘，郑、况并善批评；且作词宗尚略同；惟文氏微为别派耳。

鹏运官内阁时，与端木埰（字子畴，江宁人）论词至契；埰固笃嗜碧山者（《碧瀣词自序》）；鹏运浸润既深，不觉与之同化。孝臧为《半塘定稿序》，称："君词导源碧山，复历稼轩、梦窗，以还清真之浑化；与周止庵氏说，契若针芥。"据此，知鹏运实承常州派之系统，特其才力雄富，足以发扬光大之耳。鹏运论词，别标三大宗旨：

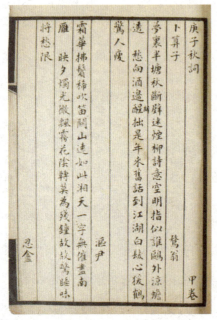

《庚子秋词》

一曰"重",二曰"拙",三曰"大"。其自作亦确能秉此标的而力赴之。庚子联军入京,鹏运陷危城中不得出,因与孝臧诸人,集四印斋,日夕填词以自遣,合刻《庚子秋词》;大抵皆感时抚事之作也。鹏运生平抑塞,恒自悼伤;既汇刻《四印斋词》,流布宋、元词籍;复"当沉顿幽忧之际,不得已而托之倚声"(《味梨集后序》),故其词多沉郁悲壮之音,自成其为"重"且"大";同时作者如文焯、周颐辈,无此魄力也。录《浣溪沙》"题丁兵备画马"一阕:

首蓿阑干满上林,西风残秣独沉吟,遗台何处是黄金?
空阔已无千里志,驰驱枉费百年心,夕阳山影自萧森。

廷式于光绪朝,锐意讲求新政。既为那拉后所忌,避走日本;旋归国,幽忧以死。其于清代词家,仅推许曹贞吉、纳兰性德、张惠言、蒋春霖四人,而于浙派排击甚力;谓:"自朱竹垞以玉田为宗,所选《词综》,意旨枯寂。后人继之,尤为冗漫。以二窗为祖祢,视辛刘若仇雠。家法若斯,庸非巨谬?"(《云起轩词自序》)其词极兀傲俊爽,聊以"写其胸臆",风格在稼轩、须溪间。录《贺新郎》"赠黄公度观察"一阕:

辽东归来鹤，翔千仞、徘徊欲下，故乡城郭。旷览山川方圆势，不道人民非昨。便海水尽成枯涸。留取荆轲心一片，化虫沙不羡钧天乐。九州铁，铸今错。　　平生尽有青松乐，好布被、横担柳栗，万山行脚。阊阖无端长风起，吹老芳洲杜若。抚剑脊苔花漠漠。吾与重华游玄圃，遵回车日色崦嵫薄。歌慷慨，南飞鹊。

文焯家门鼎盛，而被服儒雅，旅食苏州，近四十年。生平雅慕姜夔，亦精于音律；为词守律甚严，而萧疏俊逸之气，终不可掩。录《迷神引》一阕：

看月开帘惊飞雨，万叶战秋红苦。霜飙雁落，绕沧波路。一声声，催笳管，替人语。银烛金炉夜，梦何处？到此无聊地，旅魂阻。　　春想神京，缥缈非烟雾。对旧山河，新歌舞。好天良夕，怪轻换，华年柱。塞庭寒，江关暗，断钟鼓。寂寞衰镫侧，空泪注。迢迢云端隔，寄愁去。

孝臧受词学于鹏运，谊在师友之间。既迭与唱酬，复相共校勘《梦窗词集》。其为词亦自梦窗入，而兴寄遥深；于清季朝政得失，与变乱衰亡之由，咸多寓意。辛亥后，旅居沪渎，缵鹏运之绪，校刊宋、元人词集一百七十余家，为《彊村丛书》；比勘精严，洵宋、元词之最大结

朱孝臧

集。海内言词者，莫不推重之。陈三立称其词"幽忧怨悱，沉抑绵邈，莫可端倪"（《朱公墓志铭》）。张尔田又言：其晚年词，"苍劲沉着，绝似少陵夔州后诗"。兹录二阕如下：

声声慢 十一月十九日味聃以《落叶词》见示感和

鸣螿颓城，吹蝶空枝，飘蓬人意相怜。一片离魂，斜阳摇梦成烟。香沟旧题红处，挤禁花憔悴年年。寒信急，又神宫凄奏，分付哀蝉。　　终古巢鸾无分，正飞霜金井，抛断缠绵。起舞回风，才知恩怨无端。天阴洞庭波阔，夜沉沉流恨湘弦。摇落事，向空山休问杜鹃。（为德宗还宫后恤珍妃作）

小重山 晚过黄渡

过客能言隔岁兵。连村遮戍垒，断人行。飞轮冲暝试春程。回风起，犹带战尘腥。　　日落野烟生。荒萤三四点，淡于星。叫群创雁不成声。无人管，收汝泪纵横。（齐卢战后作）

周颐学词最早，既入京，与鹏运同在内阁，益以此相切磋。鹏运较长，于周颐多所规诫，又令同校宋、元人词，如是数年，而造诣益进。其生性不甚耐于斠勘之学，而特善批评，颇与王、朱异趣。所为《蕙风词话》，孝臧推为绝作。周颐论词，于鹏运三大宗旨外，又益一"真"字；谓："真字是词骨。情真、景真，所作必佳。"周颐自言少作难免尖艳之讥，后虽力崇风骨，而仍偏于凄艳一路，或天性使然钦？录《浣溪沙》"听歌有感"一阕：

惜起残红泪满衣，他生莫作有情痴，人天无地著相思。

花若再开非故树，云能暂驻亦哀丝，不成消遣只成悲。

五家之外，有沈曾植（字子培，号乙庵，又号寐叟，嘉兴人），闻见博洽，冠于近代诸儒。余力填词，苍凉激楚，开秀水词家未有之境。于清季词人中，与文廷式之学稼轩，差相仿佛。录《浪淘沙》"题边景昭画鸡"一阕：

老作阛鸡翁，晦雨霾风，穷愁志就话笼东。任遣尸居还口数，窠下儿童。　　虫蚁遍区中，啄啄何功？越家伏卵鲁家雄。赖有此君相慰藉，筛影玲珑。

词自宋末不复重被管弦，历元、明而就衰敝。清代诸家出，始崇意格，以自为其"长短不葺之诗"，性情抱负，借是表现。中经常、浙二派之递衍，以迄晚近诸家之振发，舍音乐关系外，直当接迹宋贤，或且有宋贤未辟之境；孰谓宋以后无词哉？

中国韵文简要书目

诗 歌

（1）丛 刊

《全汉三国晋南北朝诗》（丁福保辑　医学书局排印本）

《全唐诗》（清康熙御定　同文书局影印武英殿本）

（2）总 集

《毛诗注疏》（汉郑玄笺　唐孔颖达疏　《十三经注疏》本）

《诗毛氏传疏》（清陈奂疏　商务印书馆排印本）

《诗经集注》（宋朱熹集注　通行本）

《楚辞补注》（汉王逸注　宋洪兴祖补　扫叶山房石印本）

《楚辞集注》（宋朱熹集注　扫叶山房石印本）

《六臣注文选》（梁昭明太子撰　唐李善吕延济等注　《四部丛刊》影宋本）

《玉台新咏集》（陈徐陵撰　《四部丛刊》影明本）

《古诗纪》（明冯惟讷编　《四部丛刊续编》影明本）（未出）

《古诗源》（清沈德潜辑　商务印书馆排印本）

《全唐诗》

《毛诗注疏》

《乐府诗集》（宋郭茂倩辑 《四部丛刊》影明本）

《八代诗选》（清王闿运选 扫叶山房石印本　长沙局刻本）

《河岳英灵集》（唐殷璠撰 《四部丛刊》影明本）

《西昆酬唱集》（不著编辑姓氏　《四部丛刊》影旧钞本）

《宋诗钞》（清吴之振辑 商务印书馆影印本）

《宋诗钞补》（清管庭芬辑 商务排印本）

《河岳英灵集》

《元诗选》

《中州集》（金元好问撰 《四部丛刊》影元本）

《元诗选》（清顾嗣立辑 秀野草堂旧刊本）

《五朝诗别裁集》（清沈德潜等选 扫叶山房石印本）

《十八家诗钞》（清曾国藩辑 《四部备要》本 商务排印本）

《古今诗选》（清王士祯、姚鼐选 扫叶山房石印本）

《唐人万首绝句选》（清王士祯选 商务排印本）

《近代诗钞》（陈衍辑 商务排印本）

（3）别　集

《屈原赋注》（清戴震注 《万有文库》本）

《曹子建诗注》（魏曹植撰 黄节注 商务排印本）

《阮嗣宗诗注》（晋阮籍撰 黄节注 北京大学排印本）

《笺注陶渊明集》（晋陶潜撰 宋李公焕笺 《四部丛刊》影宋本）

《鲍氏集》（宋鲍照撰 《四部丛刊》影明钞本）

《谢康乐诗注》（宋谢灵运撰 黄节注 北京大学排印本）

《谢宣城集》（齐谢朓撰 《四部丛刊》影明钞本）

《庾子山集》（周庾信撰 清倪璠注 旧刻本）

《陈伯玉集》（唐陈子昂撰　《四部丛刊》影明本）

《李太白诗注》（唐李白撰　清王琦注　旧刊通行本）

《杜诗详注》（唐杜甫撰　清仇兆鳌注　商务排印本）

《杜诗镜铨》（清杨伦注　扫叶山房石印本）

《王右丞集笺注》（唐王维撰　清赵殿成注　旧刊本）

《岑嘉州诗》（唐岑参撰　《四部丛刊》影明本）

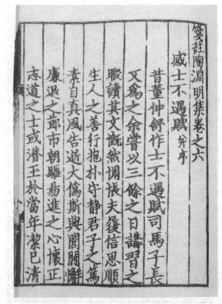

《笺注陶渊明集》

《孟浩然集》（唐孟浩然撰　《四部丛刊》影明本）

《刘随州诗集》（唐刘长卿撰　《四部丛刊》影明本）

《韦江州集》（唐韦应物撰　《四部丛刊》影明本）

《刘梦得文集》（唐刘禹锡撰　《四部丛刊》影宋本）

《孟东野诗集》（唐孟郊撰　《四部丛刊》影明本）

《李贺歌诗编》（唐李贺撰　《四部丛刊》影金本）

《韩昌黎诗集注》（唐韩愈撰　清顾嗣立注　朱彝尊何焯评　五色套印本）

《注释音辨唐柳先生文集》（唐柳宗元撰　宋童宗说注　《四部丛刊》影元本）

《元氏长庆集》（唐元稹撰　《四部丛刊》影明本）

《白氏文集》（唐白居易撰　《四部丛刊》影日本活字本）

《杜樊川诗集》（唐杜牧撰　旧刊本）

《玉谿生诗详注》

《玉谿生诗详注》（唐李商隐撰　清冯浩注　扫叶山房石印本）

《温飞卿集笺注》（唐温庭筠撰　清曾益注　旧刊本）

《玉川子诗集》（唐卢仝撰　《四部丛刊》影旧钞本）

《玉山樵人集》（唐韩偓撰　《四部丛刊》影旧钞本）

《苏学士文集》（宋苏舜钦撰　《四部丛刊》本）

《宛陵先生集》（宋梅尧臣撰　《四部丛刊》影明本）

《王荆公诗注》（宋王安石撰　李璧注　扫叶山房影印本）

《苏文忠公诗合注》（宋苏轼撰　清冯应榴注　踵息斋旧刊本）

《山谷诗注》（宋黄庭坚撰　任渊注　义宁陈氏影宋刊本　又山谷祠堂刊本）

《后山诗注》（宋陈师道撰　任渊注　《四部丛刊》影高丽本）

《笺注简斋诗集》（宋陈与义撰　胡穉注　《四部丛刊》影宋本）

《石湖居士诗集》（宋范成大撰　《四部丛刊》本）

《诚斋集》（宋杨万里撰　《四部丛刊》影宋钞本）

《剑南诗稿》（宋陆游撰　《四部备要》本）

《精选陆放翁诗》（宋罗椅、刘辰翁选　《四部丛刊》影明本）

《元遗山诗集笺注》（金元好问撰　清施国祁注　扫叶山房石印本）

《道园学古录》（元虞集撰　《四部丛刊》影明本）

《铁崖古乐府》（元杨维桢撰　《四部丛刊》影明本）

《高太史大全集》（明高启撰　《四部丛刊》影明本）

《吴梅村诗注》（清吴伟业撰　吴翌凤注　扫叶山房石印本）

《渔洋山人精华录》（清王士禛撰　《四部丛刊》本　有正书局本　有笺注）

《曝书亭诗注》（清朱彝尊撰　李富孙注　扫叶山房石印本）

《敬业堂集》（清查慎行撰　《四部丛刊》本）

《樊榭山房集》（清厉鹗撰　《四部丛刊》本　扫叶山房石印本）

《两当轩诗钞》（清黄景仁撰　扫叶山房石印本）

《巢经巢诗集》（清郑珍撰　古书流通处《清代学术丛书》本）

《秋蟪吟馆诗钞》（清金和撰　金氏家刻本）

《伏敔堂诗录》（清江湜撰　福州刊本）

《人境庐诗稿》（清黄遵宪撰　商务印书馆仿宋印本）

《散原精舍诗》（陈三立撰　商务排印本）

《海藏楼诗》（郑孝胥撰　郑氏精刊本　蟫隐庐缩印本）

《石遗室诗集》（陈衍撰　陈氏家刻本）

《高太史大全集》

（4）其他撰述

《苕溪渔隐丛话》

《诗品》（梁钟嵘撰　《汉魏丛书》本　陈延杰注本）

《唐诗纪事》（宋计有功撰　《四部丛刊》影明本　医学书局排印本）

《宋诗纪事》（清厉鹗撰　旧刊本）

《元诗纪事》（陈衍撰　商务排印本）

《诗话总龟》（宋阮阅撰　《四部丛刊》影明本）

《苕溪渔隐丛话》（宋胡仔撰　《四部备要》本　旧刊本）

《历代诗话》（丁福保辑　医学书局石印本）

《历代诗话续编》（丁福保辑　医学书局排印本）

《清诗话》（丁福保辑　医学书局排印本）

《石遗室诗话》（陈衍撰　商务排印本）

（5）时人论著

《白话文学史》（胡适著　新月书店出版）

《中国诗史》（陆侃如、冯沅君合编　大江书铺出版）

《现代中国文学史》（钱基博著　世界书局出版）

《中国韵文通论》（陈钟凡著　中华书局出版）

词　曲

（1）丛　刊

《宋六十名家词》（明毛晋辑刊　钱塘汪氏刊本　石印巾箱本）

《名家词集》（清侯文灿辑刊　《粟香室丛书》本）

《词学丛书》（清秦恩复辑刊　秦氏享帚精舍本）

《四印斋所刻词》（清王鹏运校刊　原刻本）

《宋元名家词》（清江标辑刊　湖南刊本）

《双照楼影刊宋金元明本词》正续编（吴昌绶、陶湘辑刊　精刻本）

《彊村丛书》（朱孝臧校刊　宋元人词以此书搜罗最富校勘最精）

《唐五代二十一家词辑》（王国维辑　《观堂全书》本）

《彊村丛书》

《校辑宋金元人词》（赵万里辑　中研院排印本）

《石莲庵山左人词》（清吴重熹辑刊　原刻本）

《彊村遗书》（龙沐勋辑刊　新刻本）

《小檀栾室汇刻闺秀词》（徐乃昌辑　家刻本）

《饮虹簃所刻曲》（卢前校刊　家刻本）

《散曲丛刊》（任讷辑刊　中华书局聚珍版本）

（2）总　集

《云谣集杂曲子》（唐写本　《彊村遗书》本）

《花间集》（蜀赵崇祚辑　四印斋本　《四部丛刊》影明本）

《尊前集》（不著撰人姓氏　《彊村丛书》本）

《乐府雅词》（宋曾慥辑　《四部丛刊》影旧钞本）

《唐宋诸贤绝妙词选》（宋黄昇辑　《四部丛刊》影明本）

《中兴以来绝妙词选》（宋黄昇辑　《四部丛刊》影明本）

《阳春白雪》（宋赵闻礼辑　《词学丛书》本）

《绝妙好词笺》（宋周密辑　清厉鹗查为仁笺　旧刊本　扫叶山房石印本）

《草堂诗余》（不著撰人姓氏　《四部丛刊》本　中国书店排印本）

《中州乐府》（金元好问辑　《彊村丛书》本）

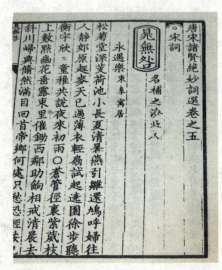

《唐宋诸贤绝妙词选》

《花草粹编》（明陈耀文编　盋山精舍影明刻巾箱本）

《历代诗余》（清康熙御定　蟫隐庐影殿本）

《三朝词综》（清朱彝尊王昶辑　旧刊本）

《词选》（清张惠言编　扫叶山房石印本）

《宋四家词选》（清周济编　《词选七种》本）

《宋六十一家词选》（冯煦编　光绪时刊本）

《唐五代词选》（清成肇麐编　《万有文库》本）

《宋词三百首》（上彊村民编　归安朱氏家刻本）

《箧中词》（清谭献编　通行刊本　以下清词）

《词莂》（朱孝臧、张尔田合编　《彊村遗书》本）

《朝野新声太平乐府》（元杨朝英编　《四部丛刊》影元本　以下散曲）

《阳春白雪》（元杨朝英编　徐乃昌影元刊本　《散曲丛刊》本）

《乐府群玉》（元胡存善编　《散曲丛刊》本）

《梨园按试乐府新声》（不著撰人　卢前传钞河南大学排印本）

《雍熙乐府》（不著撰人　《四部丛刊续编》影明本）

《词林摘艳》（明张禄增辑　惜余轩影明本）

《太霞新奏》（明顾曲散人编　北平图书馆影明巾箱本）

《南北宫词纪》（明陈所闻编　明刊本）

《元曲三百首》（任讷编　民智书局排印本）

（3）别　集

《阳春集》（南唐冯延巳撰　四印斋本）

《南唐二主词》（南唐中主后主撰　赵万里影明本　商务《学生

国学丛书》本仅题《李后主词》）

《珠玉词》（宋晏殊撰　《宋
六十家词》本）

《张子野词》（宋张先撰
《彊村丛书》本）

《醉翁琴趣外篇》（宋欧
阳修撰　双照楼本　毛本题
《六一词》内容亦异）

《乐章集》（宋柳永撰　《彊
村丛书》本）

《小山词》（宋晏几道撰
《彊村丛书》本　商务排印本）

《珠玉词》

《东坡乐府》（宋苏轼撰　《彊村丛书》编年本　四印斋本　商
务排印本）

《山谷琴趣外篇》（宋黄庭坚撰　《彊村丛书》本）

《晁氏琴趣外篇》（宋晁补之撰　双照楼本　商务排印本）

《淮海居士长短句》（宋秦观撰　《彊村丛书》本　叶恭绰影宋本）

《清真集》（宋周邦彦撰　《彊村丛书》陈元龙注本题《片玉集》
郑文焯校刊本　商务排印本）

《东山乐府》（宋贺铸撰　《彊村丛书》本　商务排印本）

《樵歌》（宋朱敦儒撰　《彊村丛书》本）

《白石道人歌曲》（宋姜夔撰　《彊村丛书》本　《榆园丛刻》本）

《稼轩长短句》（宋辛弃疾撰　四印斋本　商务排印本）

《梅溪词》（宋史达祖撰　四印斋本）

《后村长短句》（宋刘克庄撰　《彊村丛书》本）

《梦窗词》（宋吴文英撰　《彊村遗书》本　四印斋本）

《须溪词》（宋刘辰翁撰　《彊村丛书》本）

《蘋洲渔笛谱》（宋周密撰　清江宾谷考证　《彊村丛书》本）

《竹山词》（宋蒋捷撰　《宋六十家词》本　《彊村丛书》本）

《山中白云词》（宋张炎撰　清江宾谷疏证　《彊村丛书》本）

《花外集》（宋王沂孙撰　四印斋本）

《漱玉集》（宋李清照撰　四印斋本　李文裿辑本）

《明秀集》（金蔡松年撰　四印斋本）

《遗山乐府》（金元好问撰　《彊村丛书》本　扫叶山房石印本）

《圭塘乐府》（元许有壬撰　《彊村丛书》本）

《蜕岩词》（元张翥撰　《彊村丛书》本）

《陈忠裕公词》（明陈子龙撰　赵氏《惜阴堂丛书》新刊本）

《道援堂词》（明屈大均撰　《惜阴堂丛书》本）

《衍波词》（清王士禛撰　《山左人词》本）

《珂雪词》（清曹贞吉撰　《山左人词》本　《四部备要》本）

《弹指词》（清顾贞观撰　排印本）

《饮水词》（清纳兰性德撰　《榆园丛刻》本　有正书局影印本）

《漱玉集》

《延露词》（清彭孙遹撰 旧刊本）

《湖海楼词》（清陈维崧撰 《四部丛刊陈迦陵集》本 《四部备要》本）

《曝书亭词》（清朱彝尊撰 《四部丛刊曝书亭集》本）

《樊榭山房词》（清厉鹗撰 《四部丛刊樊榭山房集》本）

《忆云词》（清项鸿祚撰 《榆园丛刻》本）

《金梁梦月词》（清周之琦撰 旧刊本）

《水云楼词》（清蒋春霖撰 曼陀罗阁刊本）

《半塘定稿》（清王鹏运撰 归安朱氏刊本）

《樵风乐府》（清郑文焯撰 《大鹤山房全书》本）

《云起轩词钞》（清文廷式撰 《怀豳杂俎》本）

《彊村语业》（清朱孝臧撰 《彊村遗书》本）

《蕙风词》（清况周颐撰 《惜阴堂丛书》本）

《东篱乐府》（元马致远撰 任讷辑 《散曲丛刊》本 以下散曲）

《惺惺道人乐府》（元乔吉撰 任讷辑 《散曲丛刊》本）

《小山乐府》（元张可久撰 《散曲丛刊》本）

《酸甜乐府》（元贯云石徐再思撰 任讷辑 《散曲丛刊》本）

《云庄休居乐府》（元张养浩撰 《饮虹簃所刻曲》本）

《沜东乐府》（明康海撰 《散曲丛刊》本）

《碧山乐府》（明王九思撰 明刊本）

《王西楼先生乐府》（明王磐撰 《散曲丛刊》本）

《海浮山堂词稿》（明冯惟敏撰 《散曲丛刊》本）

《秋碧乐府》（明陈铎撰 《伏虹簃所刻曲》本）

《梨云寄傲》（明陈铎撰 《饮虹簃所刻曲》本）

《唾窗绒》（明沈仕撰 任讷辑 《散曲丛刊》本）

《王西楼先生乐府》

《江东白苎》（明梁辰鱼撰 董氏诵芬室刻本）

《花影集》（明施绍莘撰 《散曲丛刊》本）

《杨升庵夫妇散曲》（明杨慎夫妇撰 任中敏编校 商务排印本）

《沈东江散曲》（清沈谦撰 姚景瀛排印《东江别集》本）

《叶儿乐府》（清朱彝尊撰 《曝书亭全集》本）

《樊榭山房北乐府小令》（清厉鹗撰 《樊榭山房全集》本）

《有正味斋南北曲》（清吴锡麒撰 《有正味斋别集》本）

《江山风月谱散曲》（清许光治撰 《散曲丛刊》本）

《香消酒醒曲》（清赵庆熺撰 旧刊本 《散曲丛刊》本）

《洄溪道情》（清徐大椿撰 《散曲丛刊》本）

（4）其他撰述

《教坊记》（唐崔令钦撰 商务印书馆排印《说郛》本）

《碧鸡漫志》（宋王灼撰 《知不足斋丛书》本）

《词源》（宋张炎撰 郑文焯《斠律》本 蔡桢《疏证》本）

《乐府指迷》（元沈义父撰 《词选七种》本）

《词品》（明杨慎撰　《升庵全书》本）

《艺苑卮言》（明王世贞撰　中国书店排印本）

《词林纪事》（清张宗橚撰　扫叶山房石印本）

《词苑丛谈》（清徐钪撰　《海山仙馆丛书》本　有正书局排印本）

《历代词话》（清康熙御定　《历代诗余》附刊本　西泠印社排印本）

《历代词话》

《词话丛钞》（王文濡辑　大东书局石印本）

《香砚居词麈》（清方成培撰　旧刊本　《啸园丛书》本）

《莲子居词话》（清吴衡照撰　旧刊本）

《介存斋论词杂著》（清周济撰　《词辨》附刊本）

《艺概》（清刘熙载撰　旧刊本　东南大学排印本）

《白雨斋词话》（清陈廷焯撰　光绪刊本）

《惠风词话》（况周颐撰　《惜阴堂丛书》本）

《人间词话》（王国维撰　《观堂全书》本　朴杜排印本不全）

《中原音韵》（元周德清撰　古书流通处石印本　《重订曲苑》本）

《录鬼簿》（元钟嗣成撰　刘氏暖红室刻本　《重订曲苑》本）

《太和正音谱》（明涵虚子撰　古书流通处石印本）

《南词叙录》（明徐渭撰　《重订曲苑》本）

《衡曲麈谭》（明张旭初撰　《重订曲苑》本）

《曲律》（明魏良辅撰　《重订曲苑》本）

《曲律》（明王骥德撰　《重订曲苑》本）

《曲话》（清梁廷柟撰　《重订曲苑》本）

《雨村曲话》（清李调元撰　《重订曲苑》本）

《剧说》（清焦循撰　《重订曲苑》本）

《词余丛话》（清杨恩寿撰　《重订曲苑》本）

《曲录》（王国维撰　《观堂全书》本　《重订曲苑》本）

（5）时人论著

《中国文学史》（郑振铎撰　朴社出版）

《顾曲麈谈》（吴梅撰　商务印书馆出版）

《散曲概论》（任讷撰　中华书局出版《散曲丛刊》本）

《曲谐》（任讷撰　《散曲丛刊》本）

右列各书，率以通行本为主，庶购求稍易。其词集于各丛刊中互见者，则取其校勘较精之本。读本编者，苟能依其性之所近，逐类购读专书，则学有根源，不至无"安身立命"之地矣。编者附识。